且讀

......

11

诗歌精读

艾青

艾青 著

浙江人民出版社

艾青

1 | 2

❶ 年轻时的艾青
❷ 艾青侧影

1 | 2
　｜ 3

❶❷❸ 艾青与夫人高瑛

艾青手迹

注：图片均由浙江金华艾青纪念馆朱程提供。

目　录

抒情

诗歌精读·艾青 ∨

I

人物

咏物

即事

即景

抒情

大堰河——我的褓姆

大堰河，是我的褓姆。
她的名字就是生她的村庄的名字，
她是童养媳，
大堰河，是我的褓姆。

我是地主的儿子；
也是吃了大堰河的奶而长大了的
大堰河的儿子。
大堰河以养育我而养育她的家，
而我，是吃了你的奶而被养育了的，
大堰河啊，我的褓姆。

大堰河，今天我看到雪使我想起了你：
你的被雪压着的草盖的坟墓，
你的关闭了的故居檐头的枯死的瓦菲，

你的被典押了的一丈平方的园地，

你的门前的长了青苔的石椅，

大堰河，今天我看到雪使我想起了你。

你用你厚大的手掌把我抱在怀里，抚摸我；

在你搭好了灶火之后，

在你拍去了围裙上的炭灰之后，

在你尝到饭已煮熟了之后，

在你把乌黑的酱碗放到乌黑的桌子上之后，

在你补好了儿子们的为山腰的荆棘扯破的衣服之后，

在你把小儿被柴刀砍伤了的手包好之后，

在你把夫儿们的衬衣上的虱子一颗颗的掐死之后，

在你拿起了今天的第一颗鸡蛋之后，

你用你厚大的手掌把我抱在怀里，抚摸我。

我是地主的儿子，

在我吃光了你大堰河的奶之后，

我被生我的父母领回到自己的家里。

啊，大堰河，你为什么要哭？

我做了生我的父母家里的新客了！

我摸着红漆雕花的家具，

我摸着父母的睡床上金色的花纹，

我呆呆地看着檐头的我不认得的"天伦叙乐"的匾，

我摸着新换上的衣服的丝的和贝壳的钮扣，

我看着母亲怀里的不熟识的妹妹，

我坐着油漆过的安了火钵的炕凳，

我吃着碾了三番的白米的饭，

但，我是这般忸怩不安！因为我

我做了生我的父母家里的新客了。

大堰河，为了生活，

在她流尽了她的乳液之后，

她就开始用抱过我的两臂劳动了；

她含着笑，洗着我们的衣服，

她含着笑，提着菜篮到村边的结冰的池塘去，

她含着笑，切着冰屑悉索的萝卜，

她含着笑，用手掏着猪吃的麦糟，

她含着笑，扇着炖肉的炉子的火，

她含着笑，背了团箕到广场上去

　　晒好那些大豆和小麦，

大堰河，为了生活，

在她流尽了她的乳液之后，

她就用抱过我的两臂，劳动了。

大堰河，深爱着她的乳儿；

在年节里，为了他，忙着切那冬米的糖，

为了他，常悄悄地走到村边的她的家里去，

为了他，走到她的身边叫一声"妈"，

大堰河，把他画的大红大绿的关云长

　贴在灶边的墙上，

大堰河，会对她的邻居夸口赞美她的乳儿；

大堰河曾做了一个不能对人说的梦：

在梦里，她吃着她的乳儿的婚酒，

坐在辉煌的结彩的堂上，

而她的娇美的媳妇亲切地叫她"婆婆"

…………

大堰河，深爱她的乳儿！

大堰河，在她的梦没有做醒的时候已死了。

她死时，乳儿不在她的旁侧，

她死时，平时打骂她的丈夫也为她流泪，

五个儿子，个个哭得很悲，

她死时，轻轻地呼着她的乳儿的名字，

大堰河，已死了，

她死时，乳儿不在她的旁侧。

大堰河，含泪的去了！

同着四十几年的人世生活的凌侮，

同着数不尽的奴隶的凄苦，

同着四块钱的棺材和几束稻草，

同着几尺长方的埋棺材的土地，

同着一手把的纸钱的灰，

大堰河，她含泪的去了。

这是大堰河所不知道的：

她的醉酒的丈夫已死去，

大儿做了土匪，

第二个死在炮火的烟里，

第三，第四，第五

在师傅和地主的叱骂声里过着日子。

而我，我是在写着给予这不公道的世界的咒语。

当我经了长长的飘泊回到故土时，

在山腰里，田野上，

兄弟们碰见时，是比六七年前更要亲密！

这，这是为你，静静的睡着的大堰河

所不知道的啊！

大堰河，今天，你的乳儿是在狱里，

写着一首呈给你的赞美诗，

呈给你黄土下紫色的灵魂，

呈给你拥抱过我的直伸着的手，

呈给你吻过我的唇，

呈给你泥黑的温柔的脸颜，

呈给你养育了我的乳房，

呈给你的儿子们，我的兄弟们，

呈给大地上一切的，

我的大堰河般的褓姆和她们的儿子，

呈给爱我如爱她自己的儿子般的大堰河。

大堰河，

我是吃了你的奶而长大了的

你的儿子，

我敬你

爱你！

　　　　　　　　　1933 年 1 月 14 日，雪朝

叫 喊

在彻响声里
太阳张开了炬光的眼，
在彻响声里
风伸出温柔的臂，
在彻响声里
城市醒来……

这是春，
这是春的上午，

我从阴暗处
怅望着
白的亮的宇宙，
那里，
生命是转动着的，

那里，

时间像一个驰着的轮子，

那里，

光在翩翩的飞……

我从阴暗处

怅望着

白的亮的

波涛般跳跃着的宇宙，

那是生活的叫喊着的海啊！

1933 年 3 月 13 日

巴 黎

巴黎

在你的面前

黎明的，黄昏的

中午的，深宵的

——我看见

你有你自己个性的

愤怒，欢乐

悲痛，嬉戏和激昂！

整天里

你，无止息的

用手捶着自己的心肝

捶！捶！

或者伸着颈，直向高空

嘶喊！

或者垂头丧气，锁上了眼帘

沉于阴邃的思索，

也或者散乱着金丝的长发

澈声歌唱，

也或者

解散了绯红的衣裤

赤裸着一片鲜美的肉

任性的淫荡……你!

尽只是朝向我

和朝向几十万的移民

送出了

强韧的，诱惑的招徕……

巴黎，

你患了歇斯底里的美丽的妓女!

…………

看一排排的电车

往长道的顶间

逝去……

却又一排排地来了!

听，电铃

叮叮叮叮叮地飞过……

群众的洪流

从大街流来

分向各个小弄，

又从各个小弄，折回

成为洪流，

聚集在

大街上

广场上

一刻也不停的

冲荡！

冲荡！

一致的呼嚷

徘徊在：

成堆成垒的

建筑物的四面，

和纪念碑的尖顶

和铜像的周围

和大商铺的门前……

手牵手的大商场啊，

在阳光里

电光里

永远的映照出

翩翩的

节日的

Severini①的"斑斑舞蹈"般

辉煌的画幅……

从Radio②

和拍卖场上的奏乐,

和冲击的

巨大的力的

劳动的

叫嚣——

豪华的赞歌,

光荣之高夸的词句,

钢铁的诗章——

同着一篇篇的由

公共汽车,电车,地道车充当

响亮的字母,

柏油街,轨道,行人路是明快的句子,

轮子＋轮子＋轮子是跳动的读点

汽笛＋汽笛＋汽笛是惊叹号!——

所凑合拢来的无限长的美文

张开了:一切派别的派别者的

---

① Severini　意大利现代画家。

② Radio　法文,无线电广播。

多般的嘴，

一切奇瑰的装束

和一切新鲜的叫喊的合唱啊！

你是——

所有的"个人"

和他们微妙的"个性"

朝向群众

像无数水滴，消失了

和着万人

汇合而成为——

最伟大的

最疯狂的

最怪异的"个性"。

你是怪诞的，巴黎！

多少世纪了

各个年代和各个人事的变换，

用

它们自己所爱好的彩色

在你的脸上加彩涂抹，

每个生命，每次行动

每次杀戮，和那跨过你的背脊的战争，

甚至于小小的婚宴，

都同着

路易十六的走上断头台

革命

暴动

公社的诞生

攻打巴士底一样的

具有不可磨灭的意义！

而且忠诚地记录着：

你的成长

你的年龄，

你的性格和气质

和你的欢喜以及悲哀

巴黎

你是健强的！

你火焰冲天所发出的磁力

吸引了全世界上

各个国度的各个种族的人们，

怀着冒险的心理

奔向你

去爱你吻你

或者恨你到透骨！

——你不知道

我是从怎样的遥远的草堆里

跳出，

朝向你

伸出了我震颤的臂

而鞭策了自己

直到使我深深的受苦！

巴黎

你这珍奇的创造啊

直叫人勇于生活

像勇于死亡一样的鲁莽！

你用了

春药，拿破仑的铸像，酒精，凯旋门

铁塔，女性

卢佛尔博物馆，歌剧院

交易所，银行

招致了：

整个地球上的——

白痴，赌徒，淫棍

酒徒，大腹贾，

野心家，拳击师

空想者，投机者们……

啊，巴黎！

为了你的嫣然一笑

已使得多少人们

抛弃了

深深的爱着的他们的家园，

迷失在你的暧昧的青睐里，

几十万人

都花尽了他们的精力

流干了劳动的汗，

去祈求你

能给他们以些须的同情

和些须的爱怜！

但是

你——

庞大的都会啊

却是这样的一个

铁石心肠的生物！

我们终于

以痛苦，失败的沮丧

而益增强了

你放射着的光采

你的傲慢！而你

却抛弃众人在悲恸里，

像废物一般的

毫无惋惜！

巴黎，

我恨你像爱你似的坚强：

莫笑我将空垂着两臂

走上了懊丧的归途，

我还年轻！

而且

从生活之沙场上所溃败了的

决不只是我这孤单的一个！

——他们实在比为你所宠爱的

人数要多得可怕！

我们都要

在远离着你的地方

——经历些时日吧

以磨炼我们的筋骨

等时间到了

就整饬着队伍

兴兵而来！

那时啊

我们将是攻打你的先锋，

当克服了你时

我们将要

娱乐你

拥抱着你

要你在我们的臂上

癫笑歌唱！

巴黎，你——噫，

这淫荡的

淫荡的

妖艳的姑娘！

马 赛

如今
无定的行旅已把我抛到这
陌生的海角的边滩上了。

看城市的街道
摆荡着，
货车也像醉汉一样颠扑，
不平的路
使车辆如村妇般
连咒带骂地滚过……
在路边
无数商铺的前面，
潜伏着
期待着
看不见的计谋，

和看不见的欺瞒……

市集的喧声

像出自运动场上的千万观众的喝彩声般

从街头的那边

冲击地

播送而来……

接连不断的行人，

匆忙地，

跄踉地，

在我这迟缓的脚步旁边拥去……

他们的眼都一致地

观望他们的前面

——如海洋上夜里的船只

朝向灯塔所指示的路，

像有着生活之幸福的火焰

在茫茫的远处向他们招手

…………

在你这陌生的城市里，

我的快乐和悲哀，

都同样地感到单调而又孤独！

像唯一的骆驼，

在无限风飘的沙漠中，

寂寞地寂寞地跨过……

街头群众的欢腾的呼嚷，

也像飓风所煽起的砂石，

向我这不安的心头

不可抗地飞来……

午时的太阳，

是中了酒毒的眼，

放射着混沌的愤怒

和混沌的悲哀……

它

嫖客般

凝视着

厂房之排列与排列之间所伸出的

高高的烟囱。

烟囱！

你这为资本所奸淫了的女子！

头顶上

忧郁的流散着

弃妇之披发般的黑色的煤烟……

多量的

装货的麻袋，

像肺结核病患者的灰色的痰似的

从厂旁的门口，

不停地吐出……看！

工人们摇摇摆摆地来了！

如这重病的工厂

是养育他们的母亲——

保持着血统

他们也像她一样的肌瘦枯干！

他们前进时

溅出了杳杂的言语，

而且

一直把繁琐的会话，

带到电车上去，

和着不止的狂笑

和着习惯的手势

和着红葡萄酒的

空了的瓶子。

海岸的码头上，

堆货栈

和转运公司

和大商场的广告，

强硬的屹立着，

像林间的盗

等待着及时而来的财物。

那大邮轮

就以熟识的眼对看着它们

并且彼此相理解地喧谈。

若说它们之间的

震响的

冗长的言语

是以钢铁和矿石的词句的,

那起重机和搬运车

就是它们的怪奇的嘴。

这大邮轮啊

世界上最堂皇的绑匪!

几年前

我在它的肚子里

就当一条米虫般带到此地来时,

已看到了

它的大肚子的可怕的容量。

它的饕餮的鲸吞

能使东方的丰饶的土地

遭难得

比经了蝗虫的打击和旱灾

还要广大，深邃而不可救援！

半个世纪以来

已使得几个民族在它们的史页上

涂满了污血和耻辱的泪……

而我——

这败颓的少年啊，

就是那些民族当中

几万万里的一员！

今天

大邮轮将又把我

重新以无关心的手势，

抛到它的肚子里，

像另外的

成百成千的旅行者们一样。

马赛！

当我临走时

我高呼着你的名字！

而且我

以深深了解你的罪恶和秘密的眼，

依恋地

不忍舍去地看着你，

看着这海角的沙滩上

叫嚣的

叫嚣的

繁殖着那暴力的

无理性的

你的脸颜和你的

向海洋伸张着的巨臂，

因为你啊

你是财富和贫穷的锁孔，

你是掠夺和剥削的赃库。

马赛啊

你这盗匪的故乡

可怕的城市！

生　命

有时

我伸出一只赤裸的臂

平放在壁上

让一片白垩的颜色

衬出那赭黄的健康

青色的河流鼓动在土地里

蓝色的静脉鼓动在我的臂膀里

五个手指

是五支新鲜的红色

里面旋流着

土地耕植者的血液

我知道

这是生命

让爱情的苦痛与生活的忧郁

让它去担载罢,

让它喘息在

世纪的辛酷的犁轭下,

让它去欢腾,去烦恼,去笑,去哭罢,

它将鼓舞自己

直到颓然地倒下!

这是应该的

依照我的愿望

在期待着的日子

也将要用自己的悲惨的灰白

去衬映出

新生的跃动的鲜红。

1937 年 4 月

复活的土地

腐朽的日子
早已沉到河底，
让流水冲洗得
快要不留痕迹了；

河岸上
春天的脚步所经过的地方，
到处是繁花与茂草；
而从那边的丛林里
也传出了
忠心于季节的百鸟之
高亢的歌唱。

播种者呵
是应该播种的时候了，

为了我们肯辛勤地劳作
大地将孕育
金色的颗粒。

就在此刻，
你——悲哀的诗人呀，
也应该拂去往日的忧郁，
让希望苏醒在你自己的
久久负伤着的心里：

因为，我们的曾经死了的大地，
在明朗的天空下
已复活了！
——苦难也已成为记忆，
在它温热的胸膛里
重新漩流着的
将是战斗者的血液。

　　　　　　　　1937 年 7 月 6 日，沪杭路上

雪落在中国的土地上

雪落在中国的土地上，
寒冷在封锁着中国呀……

风，
像一个太悲哀了的老妇
紧紧地跟随着
伸出寒冷的指爪
拉扯着行人的衣襟，
用着像土地一样古老的话
一刻也不停地絮聒着……

那从林间出现的，
赶着马车的
你中国的农夫
戴着皮帽

冒着大雪

你要到哪儿去呢?

告诉你

我也是农人的后裔——

由于你们的

刻满了痛苦的皱纹的脸

我能如此深深地

知道了

生活在草原上的人们的

岁月的艰辛。

而我

也并不比你们快乐啊

——躺在时间的河流上

苦难的浪涛

曾经几次把我吞没而又卷起——

流浪与监禁

已失去了我的青春的

最可贵的日子,

我的生命

也像你们的生命
一样的憔悴呀

雪落在中国的土地上，
寒冷在封锁着中国呀……

沿着雪夜的河流，
一盏小油灯在徐缓地移行，
那破烂的乌篷船里
映着灯光，垂着头
坐着的是谁呀？

——啊，你
蓬发垢面的少妇，
是不是
你的家
——那幸福与温暖的巢穴——
已被暴戾的敌人
烧毁了么？
是不是
也像这样的夜间，
失去了男人的保护，

在死亡的恐怖里
你已经受尽敌人刺刀的戏弄?

咳,就在如此寒冷的今夜,
无数的
我们的年老的母亲,
都蜷伏在不是自己的家里
就像异邦人
不知明天的车轮
要滚上怎样的路程……
——而且
中国的路
是如此的崎岖
是如此的泥泞呀。

雪落在中国的土地上,
寒冷在封锁着中国呀……

透过雪夜的草原
那些被烽火所啮啃着的地域,
无数的,土地的垦殖者
失去了他们所饲养的家畜

失去了他们肥沃的田地
拥挤在
生活的绝望的污巷里；
饥馑的大地
伸向阴暗的天
伸出乞援的
颤抖着的两臂。

中国的苦痛与灾难
像这雪夜一样广阔而又漫长呀！

雪落在中国的土地上，
寒冷在封锁着中国呀⋯⋯

中国，
我的在没有灯光的晚上
所写的无力的诗句
能给你些许的温暖么？

1937 年 12 月 28 日夜间

我爱这土地

假如我是一只鸟，

我也应该用嘶哑的喉咙歌唱：

这被暴风雨所打击着的土地，

这永远汹涌着我们的悲愤的河流，

这无止息地吹刮着的激怒的风，

和那来自林间的无比温柔的黎明……

——然后我死了，

连羽毛也腐烂在土地里面。

为什么我的眼里常含泪水？

因为我对这土地爱得深沉……

1938 年 11 月 17 日

给太阳

早晨，我从睡眠中醒来，
看见你的光辉就高兴；
——虽然昨夜我还是困倦，
而且被无数的恶梦纠缠。

你新鲜，温柔，明洁的光辉，
照在我久未打开的窗上，
把窗纸敷上浅黄如花粉的颜色，
嵌在浅蓝而整齐的格影里。

我心里充满感激，从床上起来，
打开已关了一个冬季的窗门，
让你把金丝织的明丽的台巾，
铺展在我临窗的桌子上。

于是，我惊喜地看见你；

这样的真实，不容许怀疑，

你站立在对面的山巅，

而且笑得那么明朗——

我用力睁开眼睛看你，

渴望能捕捉你的形象——

多么强烈！多么恍惚！多么庄严！

你的光芒刺痛我的瞳孔。

太阳啊，你这不朽的哲人，

你把快乐带给人间，

即使最不幸的看见你，

也在心里感受你的安慰。

你是时间的锻冶工，

美好的生活的镀金匠；

你把日子铸成无数金轮，

飞旋在古老的荒原上……

假如没有你，太阳，

一切生命将匍匐在阴暗里，

即使有翅膀，也只能像蝙蝠
在永恒的黑夜里飞翔。

我爱你像人们爱他们的母亲，
你用光热哺育我的观念和思想——
使我热情地生活，为理想而痛苦，
直到我的生命被死亡带走。

经历了寂寞漫长的冬季，
今天，我想到山巅上去，
解散我的衣服，赤裸着，
在你的光辉里沐浴我的灵魂……

献给乡村的诗

我的诗献给中国的一个小小的乡村——
它被一条山岗所伸出的手臂环护着。
山岗上是年老的常常呻吟的松树；
还有红叶子像鸭掌般撑开的枫树；
高大的结着戴帽子的果实的榉子树
和老槐树，主干被雷霆劈断的老槐树；
这些年老的树，在山岗上集成树林，
荫蔽着一个古老的乡村和它的居民。

我想起乡村边上澄清的池沼——
它的周围密密地环抱着浓绿的杨柳，
水面浮着菱叶、水葫芦叶、睡莲的白花。
它是天的忠心的伴侣，映着天的欢笑和愁苦；
它是云的梳妆台，太阳、月亮、飞鸟的镜子；
它是群星的沐浴处，水禽的游泳池；

而老实又庞大的水牛从水里伸出了头，
看着村妇蹲在石板上洗着蔬菜和衣服。

我想起乡村里那些幽静的果树园——
园里种满桃子、杏子、李子、石榴和林檎，
外面围着石砌的围墙或竹编的篱笆，
墙上和篱笆上爬满了茑萝和纺车花：
那里是喜鹊的家，麻雀的游戏场；
蜜蜂的酿造室，蚂蚁的堆货栈；
蟋蟀的练音房，纺织娘的弹奏处；
而残忍的蜘蛛偷偷地织着网捕捉蝴蝶。

我想起乡村路边的那些石井——
青石砌成的六角形的石井是乡村的储水库，
汲水的年月久了，它的边沿已刻着绳迹，
暗绿而濡湿的青苔也已长满它的周围，
我想起乡村田野上的道路——
用卵石或石板铺的曲折窄小的道路，
它们从乡村通到溪流、山岗和树林，
通到森林后面和山那面的另一个乡村。

我想起乡村附近的小溪——

它无日无夜地从远方引来了流水
给乡村灌溉田地、果树园、池沼和井，
供给乡村上的居民们以足够的饮料；
我想起乡村附近小溪上的木桥——
它因劳苦削瘦得只剩了一副骨骼，
长年地赤露着瘦长的腿站在水里，
让村民们从它驼着的背脊上走过。

我想起乡村中间平坦的旷场——
它是村童们的竞技场，角力和摔跤的地方，
大人们在那里打麦，掼豆，飏谷，筛米……
长长的横竹竿上飘着未干的衣服和裤子；
宽大的地席上铺晒着大麦、黄豆和荞麦；
夏天晚上人们在那里谈天、乘凉，甚至争吵，
冬天早晨在那里解开衣服找虱子、晒太阳；
假如一头牛从山崖跌下，它就成了屠场。

我想起乡村里那些简陋的房屋——
它们紧紧地挨挤着，好像冬天寒冷的人们，
它们被柴烟熏成乌黑，到处挂满了尘埃，
里面充溢着女人的叱骂和小孩的啼哭；
屋檐下悬挂着向日葵和萝卜的种子，

和成串的焦红的辣椒，枯黄的干菜；
小小的窗子凝望着村外的道路，
看着山峦以及远处山脚下的村落。

我想起乡村里最老的老人——
他的须发灰白，他的牙齿掉了，耳朵聋了。
手像紫荆藤紧紧地握着拐杖，
从市集回来的村民高声地和他谈着行情；
我想起乡村里最老的女人——
自从一次出嫁到这乡村，她就没有离开过，
她没有看见过帆船，更不必说火车、轮船，
她的子孙都死光了，她却很骄傲地活着。

我想起乡村里重压下的农夫——
他们的脸像松树一样发皱而阴郁，
他们的背被过重的挑担压成弓形，
他们的眼睛被失望与怨愤磨成混沌；
我想起这些农夫的忠厚的妻子——
她们贫血的脸像土地一样灰黄，
她们整天忙着磨谷、舂米，烧饭，喂猪，
一边纳鞋底一边把奶头塞进婴孩啼哭的嘴。

我想起乡村里的牧童们，

想起用污手擦着眼睛的童养媳们，

想起没有土地没有耕牛的佃户们，

想起除了身体和衣服之外什么也没有的雇农们，

想起建造房屋的木匠们、石匠们、泥水匠们，

想起屠夫们、铁匠们、裁缝们，

想起所有这些被穷困所折磨的人们——

他们终年劳苦，从未得到应有的报酬。

我的诗献给乡村里一切不幸的人——

无论到什么地方我都记起他们，

记起那些被山岭把他们和世界隔开的人，

他们的性格像野猪一样，沉默而凶猛，

他们长久地被蒙蔽，欺骗与愚弄；

每个脸上都隐蔽着不曾爆发的愤恨；

他们衣襟遮掩着的怀里歪插着尖长快利的刀子，

那藏在套里的刀锋，期待着复仇的来临。

我的诗献给生长我的小小的乡村——

卑微的，没有人注意的小小的乡村，

它像中国大地上的千百万的乡村。

它存在于我的心里，像母亲存在儿子心里。

纵然明丽的风光和污秽的生活形成了对照，

而自然的恩惠也不曾弥补了居民的贫穷，

这是不合理的：它应该有它和自然一致的和谐；

为了反抗欺骗与压榨，它将从沉睡中起来。

1942 年 9 月 7 日

时　代

我站立在低矮的屋檐下

出神地望着蛮野的山岗

和高远空阔的天空

很久很久心里像感受了什么奇迹

我看见一个闪光的东西

它像太阳一样鼓舞我的心

在天边带着沉重的轰响

带着暴风雨似的狂啸

隆隆滚辗而来……

我向它神往而又欢呼

当我听见从阴云压着的雪山的那面

传来了不平的道路上巨轮颠簸的轧响

我的心追赶着它，激烈地跳动着

像那些奔赴婚礼的新郎

——纵然我知道由它所带给我的

并不是节日的狂欢

和什么杂耍场上的哄笑

却是比一千个屠场更残酷的景象

而我却依然奔向它

带着一个生命所能发挥的热情

我不是弱者——我不会沾沾自喜

我不是自己能安慰或欺骗自己的人

我不满足那世界曾经给过我的

——无论是荣誉，无论是耻辱

也无论是阴沉沉的注视和黑夜似的仇恨

以及人们的目光因它而闪耀的幸福

我在你们不知道的地方感到空虚

我要求更多些，更多些呵

给我生活的世界

我永远伸张着两臂

我要求攀登高山

我要求横跨大海

我要迎接更高的赞扬，更大的毁谤

更不可解的怨恨，和更致命的打击——

都为了我想从时间的深沟里升腾起来……

没有一个人的痛苦会比我更甚的——

我忠实于时代，献身于时代，而我却沉默着

不甘心地，像一个被俘虏的囚徒

在押送到刑场之前沉默着

我沉默着，为了没有足够响亮的语言

像初夏的雷霆滚过阴云密布的天空

抒发我的激情于我的狂暴的呼喊

奉献给那使我如此兴奋，如此惊喜的东西

我爱它胜过我曾经爱过的一切

为了它的到来，我愿意交付出我的生命

交付给它从我的肉体直到我的灵魂

我在它的前面显得如此卑微

甚至想仰卧在地面上

让它的脚像马蹄一样踩过我的胸膛

1941 年 12 月 16 日

黎明的通知

为了我的祈愿
诗人啊，你起来吧

而且请你告诉他们
说他们所等待的已经要来

说我已踏着露水而来
已借着最后一颗星的照引而来

我从东方来
从汹涌着波涛的海上来

我将带光明给世界
又将带温暖给人类

借你正直人的嘴
请带去我的消息

通知眼睛被渴望所灼痛的人类
和远方的沉浸在苦难里的城市和村庄

请他们来欢迎我——
白日的先驱，光明的使者

打开所有的窗子来欢迎
打开所有的门来欢迎

请鸣响汽笛来欢迎
请吹起号角来欢迎

请清道夫来打扫街衢
请搬运车来搬去垃圾

让劳动者以宽阔的步伐走在街上吧
让车辆以辉煌的行列从广场流过吧

请村庄也从潮湿的雾里醒来

为了欢迎我打开它们的篱笆

请村妇打开她们的鸡埘
请农夫从畜棚牵出耕牛

借你的热情的嘴通知他们
说我从山的那边来，从森林的那边来

请他们打扫干净那些晒场
和那些永远污秽的天井

请打开那糊有花纸的窗子
请打开那贴着春联的门

请叫醒殷勤的女人
和那打着鼾声的男子

请年轻的情人也起来
和那些贪睡的少女

请叫醒困倦的母亲
和她身边的婴孩

请叫醒每个人
连那些病者和产妇

连那些衰老的人们
呻吟在床上的人们

连那些因正义而战争的负伤者
和那些因家乡沦亡而流离的难民

请叫醒一切的不幸者
我会一并给他们以慰安

请叫醒一切爱生活的人
工人，技师以及画家

请歌唱者唱着歌来欢迎
用草与露水所掺合的声音

请舞蹈者跳着舞来欢迎
披上她们白雾的晨衣

请叫那些健康而美丽的醒来
说我马上要来叩打她们的窗门

请你忠实于时间的诗人
带给人类以慰安的消息

请他们准备欢迎，请所有的人准备欢迎
当雄鸡最后一次鸣叫的时候我就到来

请他们用虔诚的眼睛凝视天边
我将给所有期待我的以最慈惠的光辉

趁这夜已快完了，请告诉他们
说他们所等待的就要来了

春姑娘

春姑娘来了——
你们谁知道，
她是怎么来的？

我知道！
我知道！

她是南方来的，
前几天到这里，
这个好消息，
是燕子告诉我的。

你们谁看见过，
她长的什么样子？

我知道!
我知道!

她是一个小姑娘,
长得比我还漂亮,
两只眼睛水汪汪,
一条辫子这么长!

她赤着两只脚,
裤管挽在膝盖上;
在她的手臂上,
挂着一个大柳筐。

她渡过了河水,
在沙滩上慢慢走,
她低着头轻轻地唱,
那声音像河水在流……

看见她的样子,
谁也会高兴;
听见她的歌声,
谁也会快乐。

在她的大柳筐里，
装满了许多东西——
红的花，绿的草，
还有金色的种子。

她是一个好姑娘，
又聪明，又勤劳，
在早晨的阳光里，
一刻也不休息：

她把花挂在树上，
又把草铺在地上；
把种子撒在田里，
让它们长出了绿秧。

她在田垄上走过，
母牛仰着头看着，
小牛犊蹦跳着，
大羊羔咩咩地叫着……

她来到村子里，

家家户户都高兴，
一个个果子园，
都打开门来欢迎；

园子里多热闹，
到了许多亲戚——
有造糖的蜜蜂，
有爱打扮的粉蝶；

那些水池子，
擦得亮亮的，
春姑娘走过时，
还照一照镜子；

各种各样的鸟，
唱出各种各样的歌，
每一只鸟都说：
"我的心里真快乐！"

鸟儿飞来飞去，
歌也老不停止——
大家都说："春姑娘，

愿你永远在这里!"

只有那些鸭子,
不会飞也不会唱歌,
它们呆呆地站着,
拍着翅膀大笑着……

它们说:"春姑娘!
我们等你好久了!
你来了就好了!
我们不会唱歌,哈哈哈……"

1950 年 3 月 28 日

维也纳

维也纳，你虽然美丽
却是痛苦的，
像一个患了风湿症的少妇
面貌清秀而四肢瘫痪。

维也纳，像一架坏了的钢琴，
一半的键盘发不出声音；
维也纳，像一盘深红的樱桃，
但有半盘是已经腐烂了的。

星星不能只半边有光芒，
歌曲不能只唱一半；
自由应该像苹果一样——
鲜红、浑圆是一个整体。

我的心啊在疼痛，

莫扎特铜像前的喷泉

所喷射的不是水花

而是奥地利人民的眼泪；

再伟大的天才

也谱不出今天维也纳的哀歌啊！

天在下着雨，

街上是灰白的水光，

维也纳，坐在古旧的圈椅里，

两眼呆钝地凝视着窗户，

一秒钟，一秒钟地

在捱受着阴冷的时间……

维也纳，让我祝福你：

愿明天是一个晴天，

阳光能射进你的窗户，

用温柔的手指抚触你的眼帘……

1954 年 7 月 8 日晚，维也纳

写在彩色纸条上的诗

——为年轻的人们而写

一

绿色的纸条给你
红色的纸条给我
让我们拴在一起
唱一个快乐的歌

到那边树林里去吧
在树林里有野火
光从树叶里射出来
里面有人在唱歌

那歌声呀实在美

像一条林间的小河
它永远也唱不完
流注着无限的欢乐

二

你的鼻子像百合
你的嘴唇像花瓣
请摘下绸制的假面
让我看看你的眼睛

眼睛是灵魂的窗子
从它们看见你的心
你的眼睛是纯朴的
你有一颗纯朴的心

三

你有你的依林娜
我有我的娜塔莎
你们要到河边去
而我们却更爱树林

我们游憩在树林里

生活比传说更美丽

蓝色的灯、红色的灯

使树林充满了神秘

四

让我和你跳一个舞

跳一个像风一样轻的舞

跳一个使裙子旋转的舞

跳一个青春的舞、热烈的舞

明天，当太阳上升的时候

我们将穿过露水的草地

你进你的课堂

我进我的工厂

五

和平像一片蓝天

和平像一片绿茵

而时间啊是蜜酒

我们是喝蜜酒的人

和平是你的

也是我的

是我们大家的

谁也不能碰的

六

欢乐不是钱买的

欢乐坐着智慧的小艇

现在我们是在河里

我们在欢乐中前进

秋天多么美

秋天的夜晚更是迷人

树枝投下了最初的落叶

空气像是冰镇过的果汁

1954 年 8 月 28 日晚，莫斯科

希　望

梦的朋友
幻想的姊妹

原是自己的影子
却老走在你前面

像光一样无形
像风一样不安定

她和你之间
始终有距离

像窗外的飞鸟
像天上的流云

像河边的蝴蝶
既狡猾而美丽

你上去，她就飞
你不理她，她撵你

她永远陪伴你
一直到你终止呼吸

迎接一个迷人的春天

一

不知道你们听见了没有——
这些夜晚，从河流那边
　　传来了一阵阵什么破裂的声音。
呵，原来是河流正在解冻，
河水可以无拘束地奔流了，
大片大片的冰块互相撞击着，
　　　　　　　互相拥挤着，
好像戏院门前的人流，
　　带着欢笑拥向天边。

久久盼望的春天终于要来了，
万物滋生的季节要来了，

播种与孕育的季节要来了，

谁能不爱春天呢！

即使冰雪化了以后，

　　道路是泥泞的，

即使要穿过一大片沼泽地带，

我们也要去欢迎她，

因为她给我们大家

　　带来了温暖和希望。

二

我们有过被欺骗的春天，

我们有过被流放的春天，

我们有过被监禁的春天，

我们有过呜咽啜泣的春天。

我们曾经像蜗牛似的，

在墙脚根上慢慢地爬行；

我们曾经像喇嘛教徒似的，

敲着木鱼，念着经消磨时间。

然而，整个外面的世界，

成千上万的车队，

在高速公路上飞奔，
而轰鸣的战斗机，
随时都有可能像闪电划过
　　我们神圣的蓝天，
我们所面临的是一场无比
　　严峻的考验。

经历了多少的动荡与不安，
我们终于醒悟过来了，
终于突破了层层坚冰，
迎来了万马奔腾的时间。

三

我们终于能理直气壮地生活了，
我们能扬眉吐气地过日子了，
我们具有无比坚强的信心，
像哈萨克族举行"姑娘追"似的
　　来迎接这个春天。

她来了，真的来了，
你可以闻到她的芬芳，

你可以感到她的体温，

就连树上的小鸟也在歌唱，

就连林间的小鹿也在跳跃……

我们要拉响所有的汽笛，

　　来迎接这个新时代的黎明；

我们要鸣放二十一门礼炮，

　　来迎接这个岁月的元首；

所有的琴师拨动琴弦，

所有的诗人谱写诗篇，

所有的乐器，歌声，诗篇

组成最大的交响乐章，

　　来迎接一个迷人的春天！

盼　望

一个海员说，
他最喜欢的是起锚所激起的那
一片洁白的浪花……
一个海员说，
最使他高兴的是抛锚所发出的
那一阵铁链的喧哗……

一个盼望出发
一个盼望到达

1979 年 3 月，上海

光的赞歌

一

每个人的一生
不论聪明还是愚蠢
不论幸福还是不幸
只要他一离开母体
就睁着眼睛追求光明

世界要是没有光
等于人没有眼睛
航海的没有罗盘
打枪的没有准星
不知道路边有毒蛇
不知道前面有陷阱

世界要是没有光

也就没有扬花飞絮的春天

也就没有百花争艳的夏天

也就没有金果满园的秋天

也就没有大雪纷飞的冬天

世界要是没有光

看不见奔腾不息的江河

看不见连绵千里的森林

看不见容易激动的大海

看不见像老人似的雪山

要是我们什么也看不见

我们对世界还有什么留恋

二

只是因为有了光

我们的大千世界

才显得绚丽多彩

人间也显得可爱

光给我们以智慧

光给我们以想象

光给我们以热情

光帮助我们创造出不朽的形象

那些殿堂多么雄伟

里面更是金碧辉煌

那些感人肺腑的诗篇

谁读了能不热泪盈眶

那些最高明的雕刻家

使冰冷的大理石有了体温

那些最出色的画家

描出了色授魂与的眼睛

比风更轻的舞蹈

珍珠般圆润的歌声

火的热情、水晶的坚贞

艺术离开光就没有生命

山野的篝火是美的

港湾的灯塔是美的
夏夜的繁星是美的
庆祝胜利的焰火是美的
一切的美都和光在一起

三

这是多么奇妙的物质
没有重量而色如黄金
它可望而不可及
漫游世界而无体形
具有睿智而谦卑
它与美相依为命

诞生于撞击和磨擦
来源于燃烧和消亡的过程
来源于火、来源于电
来源于永远燃烧的太阳

太阳啊，我们最大的光源
它从亿万万里以外的高空
向我们居住的地方输送热量

使我们这里滋长了万物

万物都对它表示景仰

因为它是永不消失的光

真是不可捉摸的物质——

不是固体、不是液体、不是气体

来无踪、去无影、浩淼无边

从不喧嚣、随遇而安

有力量而不剑拔弩张

它是无声的威严

它是伟大的存在

它因富足而能慷慨

胸怀坦荡、性格开朗

只知放射、不求报偿

大公无私、照耀四方

四

但是有人害怕光

有人对光满怀仇恨

因为光所发出的针芒

刺痛了他们自私的眼睛

历史上的所有暴君

各个朝代的奸臣

一切贪婪无厌的人

为了偷窃财富、垄断财富

千方百计想把光监禁

因为光能使人觉醒

凡是压迫人的人

都希望别人无能

无能到了不敢吭声

而把自己当做神明

凡是剥削人的人

都希望别人愚蠢

愚蠢到了不会计算

一加一等于几也闹不清

他们要的是奴隶

是会说话的工具

他们只要驯服的牲口

他们害怕有意志的人

他们想把火扑灭
在无边的黑暗里
在岩石所砌的城堡里
维持血腥的统治

他们占有权力的宝座
一手是勋章、一手是皮鞭
一边是金钱、一边是锁链
进行着可耻的政治交易
完了就举行妖魔的舞会
和血淋淋的人肉的欢宴

回顾人类的历史
曾经有多少年代
沉浸在苦难的深渊
黑暗凝固得像花岗岩
然而人间也有多少勇士
用头颅去撞开地狱的铁门

光荣属于奋不顾身的人
光荣属于前仆后继的人

暴风雨中的雷声特别响

乌云深处的闪电特别亮

只有通过漫长的黑夜

才能喷涌出火红的太阳

五

愚昧就是黑暗

智慧就是光明

人类是从愚昧中过来

那最先去盗取火的人

是最早出现的英雄

他不怕守火的鹫鹰

要啄掉他的眼睛

他也不怕天帝的愤怒

和轰击他的雷霆

把火盗出了天庭

于是光不再被垄断

从此光流传到人间

我们告别了刀耕火种

蒸汽机带来了工业革命

从核物理诞生了原子弹

如今像放鸽子似的放出了地球卫星……

光把我们带进了一个

　　光怪陆离的世界：

X光，照见了动物的内脏

激光，刺穿优质钢板

光学望远镜，追踪星际物质

电子计算机

　　把我们推到了二十一世纪

然而，比一切都更宝贵的

是我们自己的锐利的目光

是我们先哲的智慧之光

这种光洞察一切、预见一切

可以透过肉体的躯壳

看见人的灵魂

看见一切事物的底蕴

一切事物内在的规律

一切运动中的变化

一切变化中的运动

一切的成长和消亡

就连静静的喜马拉雅山

也在缓慢地继续上升

认识没有地平线

地平线只能存在于停止前进的地方

而认识却永无止境

人类在追踪客观世界中

留下了自己的脚印

实践是认识的阶梯

科学沿着实践前进

在前进的道路上

要砸开一层层的封锁

要挣断一条条的铁链

真理只能从实践中得以永生

六

光从不可估量的高空

俯视着人类历史的长河

我们从周口店到天安门

像滚滚的波涛在翻腾

不知穿过了多少的险滩和暗礁

我们乘坐的是永不沉没的船

从天际投下的光始终照引着我们……

我们从千万次的蒙蔽中觉醒

我们从千万种的愚弄中学得了聪明

统一中有矛盾、前进中有逆转

运动中有阻力、革命中有背叛

甚至光中也有暗

甚至暗中也有光

不少丑恶与无耻

隐藏在光的下面

毒蛇、老鼠、臭虫、蝎子、蜘蛛

和许多种类的粉蝶

她们都是孵化害虫的母亲

我们生活着随时都要警惕

看不见的敌人在窥伺着我们

然而我们的信念
像光一样坚强——
经过了多少浩劫之后
穿过了漫长的黑夜
人类的前途无限光明、永远光明

七

每一个人都是一个生命
人世银河星云中的一粒微尘
每一粒微尘都有自己的能量
无数的微尘汇集成一片光明
每一个人既是独立的
而又互相照耀
在互相照耀中不停地运转
和地球一同在太空中运转

我们在运转中燃烧
我们的生命就是燃烧
我们在自己的时代
应该像节日的焰火
带着欢呼射向高空

然后迸发出璀璨的光

即使我们是一支蜡烛
也应该"蜡炬成灰泪始干"
即使我们只是一根火柴
也要在关键时刻有一次闪耀
即使我们死后尸骨都腐烂了
也要变成磷火在荒野中燃烧

八

作为一个微不足道的人
天文学数字中的一粒微尘
即使生命像露水一样短暂
即使是恒河岸边的细沙
也能反映出比本身更大的光
我也曾经用嘶哑的喉咙歌唱
在不自由的岁月里我歌唱自由
我是被压迫的民族我歌唱解放

在这个茫茫的世界上
我曾经为被凌辱的人们歌唱

我曾经为受欺压的人们歌唱

我歌唱抗争，我歌唱革命

在黑夜把希望寄托给黎明

在胜利的欢欣中歌唱太阳

我是大火中的一点火星

趁生命之火没有熄灭

我投入火的队伍、光的队伍

把"一"和"无数"融合在一起

进行为真理而斗争

和在斗争中前进的人民一同前进

我永远歌颂光明

光明是属于人民的

未来是属于人民的

任何财富都是人民的

和光在一起前进

和光在一起胜利

胜利是属于人民的

和人民在一起所向无敌

九

我们的祖先是光荣的

他们为我们开辟了道路

沿途留下了深深的足迹

每个足迹里都有血迹

现在我们正开始新的长征

这个长征不只是二万五千里的路程

我们要逾越的也不只是十万大山

我们要攀登的也不只是千里岷山

我们要夺取的也不只是金沙江、大渡河

我们要抢渡的是更多更险的渡口

我们在攀登中将要遇到更大的风雪、

　　　　　　　　更多的冰川……

但是光在召唤我们前进

光在鼓舞我们、激励我们

光给我们送来了新时代的黎明

我们的人民从四面八方高歌猛进

让信心和勇敢伴随着我们
武装我们的是最美好的理想
我们是和最先进的阶级在一起
我们的心胸燃烧着希望
我们前进的道路铺满阳光

让我们的每个日子
都像飞轮似的旋转起来
让我们的生命发出最大的能量
让我们像从地核里释放出来似的
　　　极大地撑开光的翅膀
　　　在无限广阔的宇宙中飞翔

让我们以最高的速度飞翔吧
让我们以大无畏的精神飞翔吧
让我们从今天出发飞向明天
让我们把每个日子都当做新的起点

或许有一天，总有一天
我们这个古老的民族
我们最勇敢的阶级
将接受光的邀请

却叩开那些紧闭的大门

访问我们所有的芳邻

让我们从地球出发

飞向太阳……

1978 年 8 月—12 月

人物

卖艺者

我看着同伴的背，
他背上的
向我笑着的猴子，
大跨着我们的脚步，
穿过森林，渡过江河
向无边际的大地走去……

早晨，我们在
江北的市镇上，
黄昏，我们在
江南的都会里，
一年又一年
叫，喊，笑，哭，
伴着锣鼓的声音跨过……

人将说

我们是天外的移民，

神圣得像盗匪；

我们大吹大擂的到来

又大吹大擂的去……

我们自哪儿来的？

我们往哪儿去呢？

旱荒，饥馑，战争，

把我们逐出

生我们的村庄——

像青草被连根的拔起，

谁能不怀念

那土地的气息？

让烈日与风雨

来侵蚀我们的血肉；

让饥饿与飘泊

来磨折我们的筋骨；

我们应该

向陌生人笑，哭，叫，喊！

我们流浪！

我们死亡！

前年父亲死去
在古蜀的山麓；
今年大哥新亡
在淮水的边上，
我们无声地挖着坟坑
我们无声地埋葬！
"哈！哈！哈！"
冬冬冬！铛铛铛！
我们举起了闪光的刀，
我们摇晃着绯红的布，
我们走过空中的绳索，
我们吞下坚硬的长剑，
这是我们的生活！
你们笑吧，笑吧，
"哈！哈！哈！"

哪儿是我们的故乡？
哪儿是我们的家？

我看着同伴的背，

他背上的
向我笑着的猴子，
大跨着我们的脚步，
穿过森林，渡过江河
向无边际的大地走去……

他起来了

他起来了——
从几十年的屈辱里
从敌人为他掘好的深坑旁边

他的额上淋着血
他的胸上也淋着血
但他却笑着
——他从来不曾如此地笑过

他笑着
两眼前望且闪光
像在寻找
那给他倒地的一击的敌人

他起来了

他起来

将比一切兽类更勇猛

又比一切人类更聪明

因为他必须如此

因为他

必须从敌人的死亡

夺回来自己的生存

1937年10月12日，杭州

乞 丐

在北方
乞丐徘徊在黄河的两岸
徘徊在铁道的两旁

在北方
乞丐用最使人厌烦的声音
呐喊着痛苦
说他们来自灾区
来自战地

饥饿是可怕的
它使年老的失去仁慈
年幼的学会憎恨

在北方

乞丐用固执的眼

凝视着你

看你在吃任何食物

和你用指甲剔牙齿的样子

在北方

乞丐伸着永不缩回的手

乌黑的手

要求施舍一个铜子

向任何人

甚至那掏不出一个铜子的兵士

1939 年春，陇海道上

吹号者

　　好像曾经听到人家说过，吹号者的命运是悲苦的，当他用自己的呼吸摩擦了号角的铜皮使号角发出声响的时候，常常有细到看不见的血丝，随着号声飞出来……

　　吹号者的脸常常是苍黄的……

一

在那些蜷卧在铺散着稻草的地面上的
　　困倦的人群里，
在那些穿着灰布衣服的污秽的人群里，
他最先醒来——
他醒来显得如此突兀
每天都好像被惊醒似的，
是的，他是被惊醒的，
惊醒他的

是黎明所乘的车辆的轮子

滚在天边的声音。

他睁开了眼睛，

在通宵不熄的微弱的灯光里

他看见了那挂在身边的号角，

他困惑地凝视着它

好像那些刚从睡眠中醒来

第一眼就看见自己心爱的恋人的人

一样欢喜——

在生活注定给他的日子当中

他不能不爱他的号角；

号角是美的——

它的通身

发着健康的光彩，

它的颈上

结着绯红的流苏。

吹号者从铺散着稻草的地面上起来了，

他不埋怨自己是睡在如此潮湿的泥地上，

他轻捷地绑好了裹腿，

他用冰冷的水洗过了脸，

他看着那些发出困乏的鼾声的同伴，

于是他伸手携去了他的号角；

门外依然是一片黝黑，

黎明没有到来，

那惊醒他的

是他自己对于黎明的

过于殷切的想望。

他走上了山坡，

在那山坡上伫立了很久，

终于他看见这每天都显现的奇迹：

黑夜收敛起她那神秘的帷幔，

群星倦了，一颗颗地散去……

黎明——这时间的新嫁娘啊

乘上有金色轮子的车辆

从天的那边到来……

我们的世界为了迎接她，

已在东方张挂了万丈的曙光……

看，

天地间在举行着最隆重的典礼……

二

现在他开始了，
站在蓝得透明的天穹的下面，
他开始以原野给他的清新的呼吸
吹送到号角里去，
——也夹带着纤细的血丝么？
使号角由于感激
以清新的声响还给原野，
——他以对于丰美的黎明的倾慕
吹起了起身号，
那声响流荡得多么辽远啊……
世界上的一切，
充溢着欢愉
承受了这号角的召唤……

林子醒了
传出一阵阵鸟雀的喧吵，
河流醒了
召引着马群去饮水，
村野醒了

农妇匆忙地从堤岸上走过，

旷场醒了

穿着灰布衣服的人群

从披着晨曦的破屋中出来，

拥挤着又排列着……

于是，他离开了山坡，

又把自己消失到那

无数的灰色的行列中去。

他吹过了吃饭号，

又吹过了集合号，

而当太阳以轰响的光采

辉煌了整个天穹的时候，

他以催促的热情

吹出了出发号。

三

那道路

是一直伸向永远没有止点的天边去的，

那道路

是以成万人的脚蹂踏着

成千的车轮滚辗着的泥泞铺成的,

那道路

连结着一个村庄又连结一个村庄,

那道路

爬过了一个土坡又爬过一个土坡,

而现在

太阳给那道路镀上了黄金了,

而我们的吹号者

在阳光照着的长长的队伍的最前面,

以行进号

给前进着的步伐

做了优美的拍节……

四

灰色的人群

散布在广阔的原野上,

今日的原野呵,

已用展向无限去的暗绿的苗草

给我们布置成庄严的祭坛了:

听,震耳的巨响

响在天边,

我们呼吸着泥土与草混合着的香味，

却也呼吸着来自远方的烟火的气息，

我们蛰伏在战壕里，

沉默而严肃地期待着一个命令，

像临盆的产妇

痛楚地期待着一个婴儿的诞生，

我们的心胸

从来未曾有像今天这样的充溢着爱情，

在时代安排给我们的

——也是自己预定给自己的

生命之终极的日子里，

我们没有一个不是以圣洁的意志

准备着获取在战斗中死去的光荣啊！

五

于是，惨酷的战斗开始了——

无数千万的战士

在闪光的惊觉中跃出了战壕，

广大的，激剧的奔跑

威胁着敌人地向前移动……

在震撼天地的冲杀声里，

在决不回头的一致的步伐里，

在狂流般奔涌着的人群里，

在紧密的连续的爆炸声里，

我们的吹号者

以生命所给与他的鼓舞，

一面奔跑，一面吹出了那

短促的，急迫的，激昂的，

在死亡之前决不中止的冲锋号，

那声音高过了一切，

又比一切都美丽，

正当他由于一种不能闪避的启示

任情地吐出胜利的祝祷的时候，

他被一颗旋转过他的心胸的子弹打中了！

他寂然地倒下去

没有一个人曾看见他倒下去，

他倒在那直到最后一刻

　都深深地爱着的土地上，

然而，他的手

却依然紧紧地握着那号角；

在那号角滑溜的铜皮上，

映出了死者的血

和他的惨白的面容；

也映出了永远奔跑不完的

　　带着射击前进的人群，

　　和嘶鸣的马匹，

　　和隆隆的车辆……

而太阳，太阳

使那号角射出闪闪的光芒……

听啊，

那号角好像依然在响……

1939 年 3 月末

刈草的孩子

夕阳把草原燃成通红了。
刈草的孩子无声地刈草，
低着头，弯曲着身子，忙乱着手，
从这一边慢慢地移到那一边……

草已遮没他小小的身子了——
在草丛里我们只看见：
一只盛草的竹篓，几堆草，
和在夕阳里闪着金光的镰刀……

1940 年

群　众

电波在电线上鸣响，在静空中鸣响
像用两手按住十个二十个钢琴的音键
我的心里也常有使我自己震耳欲聋的声音
一直从里面冲出，鸣响在空中

一滴水常使我用惊叹的眼凝视半天
我的前面突然会涌现浩淼的大江
只要我的嘴一张开我就喘息
好像万人的呼吸都从这小孔出来

当我用手按着自己跳动的脉搏
我的心就被汹涌的血潮所冲荡
他们的痛苦与欲求和我如此纠缠不清——
他们的血什么时候流进了我的血管？

那边是什么——那末多，多末多……
无数的脚，无数的手，无数攒动的头颅……
在窗口，在街上，在码头上，在车站……
他们在做什么？想什么？愿望着什么？……

这是可怕的奇迹：当我此刻想起了
我已不复是自己，而是一个数字
这数字慢慢地蜕变着，庞大着
——直到使我愕然而痉挛

我静着时我的心被无数的脚踏过
我走动时我的心像一个哄乱的十字街口
我坐在这里，街上是无数的人群
突然我看见自己像尘埃一样滚在他们里面……

小泽征尔

把众多的声音
调动起来，
听从你的命令
投入战争；

把所有的乐器
组织起来，
像千军万马
向统一的目标行进……

你的耳朵在侦察，
你的眼睛在倾听，
你的指挥棒上
跳动着你的神经：

或是月夜的行军，
听到嘚嘚的马蹄声；
或是低下头去，
听得情人絮语黄昏；

突然如暴雨骤至，
雷霆万钧，
你腾空而起
从毛发也听到怒吼的声音。

你有指挥战役的魄力，
你是音乐阵地的将军！
紧接最后一个休止符，
刮起了经久不息的掌声……

1978 年 6 月 16 日

致亡友丹娜之灵

　　　　谨以哀诗一首呈献于布拉格奥尔桑一号公墓九区
三十八号丹娜的骨灰盒前

动乱不安的年代，
友谊像阴天的芦苇，
在风中哆嗦着，
发出听不见的哀叹……

空间多么辽阔，
时间多么漫长，
翻开记忆的本子，
字迹已模糊不清：

你第一次下飞机，
就在人群里，

寻找一个写诗的人，
但他没有去欢迎。

你在中国度过了三年，
春花秋月，风和日丽，
你爱上这个国家，
和她的古朴的人民；

一九五七年秋天，
你受聘期满离开北京，
在为你送行的人群里面，
却少了一个写诗的人；

我在甩袖无边的大荒原，
收到来自布拉格的明信片；
我踌躇很久没有给你回信——
不相信蒲公英会飘到你身边。

整整过了十年，
维尔塔发河边发生了地震，
我最先想到的是你——
一个正直人的命运；

我曾到过你的书房——
那完全是中国人的书房，
不知你所编译的书怎么样？
不知《鲁迅全集》怎么样？

岁月在经受不可知的折磨，
空气被血腥所污染……

二十一年的杳无音讯，
如今是三九严寒的第二天，
突然像寒流侵袭，
"丹娜已不幸离开人间！"

你因车祸身亡，
时间是一九七六年十月三十日。
这消息传到我耳边，
已迟了整整两年！

我好像看见一株葱翠的小松树，
突然被狂风连根拔走了；
我好像看见一座正在延伸的桥梁，

突然被山洪冲断了……

你多么热爱中国
把她看做自己的国家,
在最困难的时候保卫她,
在各种压力下拒绝反对她。

死亡夺去了你想再到中国的希望,
夺去了你和中国朋友们团聚的希望。

经过了漫长的二十一年,
我总算恢复了应有的尊严,
你听到这消息该多么高兴,
因为你一直为我的处境愤愤不平。

但是,你已长眠于九泉之下
再也听不见我的歌声,
这歌声你是熟悉的——
即使最欢乐的时候也有悲酸……

而在我的桌子上,
留着你送给我的烟灰缸,

它好像什么也不知道，
依然闪闪发光……

我们这个时代的友情，
多么可贵又多么艰辛——

像火灾后留下的照片，
像地震后拣起的瓷碗，
像沉船露出海面的桅杆，
一场浩劫之后的一丝苦涩的微笑，
永远无法完成的充满遗憾的诗篇……

安息吧，
亲爱的丹娜。

1979 年 1 月 11 日

女射手

最美的是她瞄准的眼睛

沉着而又冷静

好像连呼吸都停止

一切都集中在一点

为了致命的一击

空气也在等待枪声

咏
物

芦　笛

——纪念故诗人阿波里内尔

当年我有一支芦笛，

拿法国大元帅的节杖我也不换。

——阿波里内尔①

我从你彩色的欧罗巴

带回了一支芦笛，

同着它，

我曾在大西洋边

像在自己家里般走着，

如今

你的诗集"Alcool"②是在上海的巡捕房里，

---

① 原为法文——编者注。

② Alcool　法文，酒。

我是"犯了罪"的，

在这里

芦笛也是禁物。

我想起那支芦笛啊，

它是我对于欧罗巴的最真挚的回忆，

阿波里内尔君，

你不仅是个波兰人，

因为你

在我的眼里，

真是一节流传在蒙马特的故事，

那冗长的

　　惑人的，

由玛格丽特震颤的褪了脂粉的唇边

吐出的堇色的故事。

谁不应该朝向那

白里安和俾士麦的版图

吐上轻蔑的唾液呢——

那在眼角里充溢着贪婪，

卑污的盗贼的欧罗巴！

但是，

我耽爱着你的欧罗巴啊，

波特莱尔和兰布的欧罗巴。

在那里，

我曾饿着肚子

把芦笛自矜的吹，

人们嘲笑我的姿态，

因为那是我的姿态呀!

人们听不惯我的歌，

因为那是我的歌呀!

滚吧，

你们这些曾唱了《马赛曲》，

而现在正在淫污着那

光荣的胜利的东西!

今天，

我是在巴士底狱里，

不，不是那巴黎的巴士底狱。

芦笛并不在我的身边，

铁镣也比我的歌声更响，

但我要发誓——对于芦笛，

为了它是在痛苦的被辱着，

我将像一七八九年似的

向灼肉的火焰里伸进我的手去!

在它出来的日子，

将吹送出

对于凌侮过它的世界的

毁灭的咒诅的歌。

而且我要将它高高地举起，

以悲壮的 Hymne[①]

把它送给海，

送给海的波，

粗野的嘶着的

海的波啊！

1933 年 3 月 28 日

---

① Hymne　法语，颂歌。

ORANGE

圆圆的——燃烧着的
像燃烧的太阳般点亮了
　　圆圆的玻璃窗——
Orange——是我心的比喻

Orange——使我想起了：

一辆公共汽车
　　　　闪过了
纪念碑
十字街口的广场
公园边上的林荫路，
捧着白铃兰花的少女
　　五月的一个放射着喷水池的
　　翩翩的

放射着爱情的水花的节日……

Orange——像那

整个机械饮食处里

大麦酒的雪白的泡沫

　　　所反映出的

红色篷帐的欢喜

　　　　太阳的欢喜……

Orange——

像拉丁女的眼瞳子般无底的

热带的海的蓝色

　　　　　　　　那上面撩起了

听不清的歌唱

异国人的 Melancholic[①]

Orange

圆圆的——燃烧着的

Orange

像燃烧着的太阳般点亮了圆圆的

玻璃窗——

Orange

---

① Melancholic　英文，忧郁。

使我想起了：

我的这 Orange 般的地球

和它的另一面的

我的那 Orange 般快乐的姑娘

我们曾在靠近离别的日子

分吃过一个

圆圆的——燃烧着的

Orange

Orange——是我心的比喻

1933 年 7 月 17 日

太　阳

从远古的墓茔
从黑暗的年代
从人类死亡之流的那边
震惊沉睡的山脉
若火轮飞旋于沙丘之上
太阳向我滚来……

它以难遮掩的光芒
使生命呼吸
使高树繁枝向它舞蹈
使河流带着狂歌奔向它去

当它来时，我听见
冬蛰的虫蛹转动于地下
群众在旷场上高声说话

城市从远方
用电力与钢铁召唤它

于是我的心胸
被火焰之手撕开
陈腐的灵魂
搁弃在河畔
我乃有对于人类再生之确信

1937年春

煤的对话

——A—Y. R.

你住在哪里?

我住在万年的深山里
我住在万年的岩石里

你的年纪——

我的年纪比山的更大
比岩石的更大

你从什么时候沉默的?

从恐龙统治了森林的年代
从地壳第一次震动的年代

你已死在过深的怨愤里了么？

死？不，不，我还活着——
请给我以火，给我以火！

1937年春

浪

你也爱那白浪么——
它会啮啃岩石
更会残忍地折断船橹
　　　　　　撕碎布帆

没有一刻静止
它自满地谈述着
从古以来的
航行者悲惨的故事

或许是无理性的
但它是美丽的

而我却爱那白浪
——当它的泡沫溅到我的身上时

我曾起了被爱者的感激

1937 年 5 月 2 日

手推车

在黄河流过的地域

在无数的枯干了的河底

手推车

以唯一的轮子

发出使阴暗的天穹痉挛的尖音

穿过寒冷与静寂

从这一个山脚

到那一个山脚

彻响着

北国人民的悲哀

在冰雪凝冻的日子

在贫穷的小村与小村之间

手推车

以单独的轮子

刻画在灰黄土层上的深深的辙迹

穿过广阔与荒漠

从这一条路

到那一条路

交织着

北国人民的悲哀

1938年初

桥

当土地与土地被水分割了的时候，
当道路与道路被水截断了的时候，
智慧的人类伫立在水边：
于是产生了桥。

苦于跋涉的人类，
应该感谢桥啊。

桥是土地与土地的连系；
桥是河流与道路的爱情；
桥是船只与车辆点头致敬的驿站；
桥是乘船者与步行者挥手告别的地方。

1939 年秋

冬天的池沼

冬天的池沼，

寂寞得像老人的心——

饱历了人世的辛酸的心；

冬天的池沼，

枯干得像老人的眼——

被劳苦磨失了光辉的眼；

冬天的池沼，

荒芜得像老人的发——

像霜草般稀疏而又灰白的发；

冬天的池沼，

阴郁得像一个悲哀的老人——

佝偻在阴郁的天幕下的老人。

1940 年 1 月 11 日

树

一棵树，一棵树
彼此孤离地兀立着
风与空气
告诉着它们的距离

但是在泥土的覆盖下
它们的根伸长着
在看不见的深处
它们把根须纠缠在一起

1940年春

公 路

像那些阿美利加人
行走在加里福尼亚的大道上
我行走在中国西部高原的
新辟的公路上

我从那隐蔽在群山的峡谷里的
一个卑微的小村庄里出来
我从那阴暗的，迷蒙着柴烟的小瓦屋里出来
带着农民的耿直与痛苦的激情
奔上山去——
让空气与阳光
和展开在山下的如海洋一样的旷野
拂去我的日常的烦琐
和生活的苦恼
也让无边的明朗的天的幅员

以它的毫无阻碍的空阔

松懈我的长久被窒息的心啊……

绵长的公路

沿着山的形体

弯曲地，伏贴地向上伸引

人在山上慢慢地升高

慢慢地和下界远离

行走在大气的环绕里

似乎飘浮在半空

我们疲倦了

可以在一棵古树的根上

坐下休息

听山涧从巉岩间

奔腾而下

看鹰鸷与雕鸽

呼叫着又飞翔着

在我们的身边……

而背上负着煤袋的骡马队

由衣着褴褛的人们带引着

由倦怠的喝叱和无力的鞭打指挥着

凌乱地从这里过去

又转进了一个幽僻山峡里去

我们可以随着它们的步伐

揣摹着在那山峡里和衰败的古庙相毗连

有着一排制造着简陋的工业品的房屋

那些载重的卡车啊

带着愉快的隆隆之声而来

车上的货物颠簸着

那些年轻的人们

朝向我这步行者

扬臂欢呼

在这样的日子

即使他们的振奋

和我的振奋不是来自同一的原由

我的心也在不可抑制地激动啊

更有那些轻捷的汽车

挣着从金属的反射

所投射出来的日光之翅

陶醉在疾行的速度里

在山脉上

勇敢地飞驰

鼓舞了我的感情与想象

和它们比翼在空中

于是

我的灵魂得到了一次解放

我的肺腑呼吸着新鲜

我的眼瞳为远景而扩大

我的脚因欢忭而跛行在世界上

用坚强的手与沉重的铁锤所劈击

又用爆烈的炸药轰开了岩石

在万丈高的崖壁的边沿

以石块与泥土与水门汀

和成千成万的劳动者的汗

凝固成了万里长的道路

上面是天穹

—— 一片令人看了要昏眩的蓝色

下面是大江

不止地奔腾着江水

无数的乌暗的木船和破烂的布帆

几乎是静止地漂浮在水面上
从这里看去
渺小得只成了一些灰黯的斑点
人行走在高山之上
远离了烦琐与阴暗的住房
可怜的心，诚朴的心啊
终于从单纯与广阔
重新唤醒了
一个生命的崇高与骄傲——

即使我是一颗蚂蚁
或是一只有坚硬的翅膀的蚱蜢
在这样的路上爬行或飞翔
也是最幸福的啊……

今天，我穿着草鞋
戴着麦秆编的凉帽
行走在新辟的公路上
我的心因为追踪自由
而感到无限地愉悦啊
铺呈在我的前面的道路
是多么宽阔！多么平坦！

多么没有羁绊地自如地

向远方伸展——

我们可以清楚地看见

它向天的边际蜿蜒地远去

那么豪壮地络住了地面

当我在这里向四周凝望

河流，山丘，道路，村舍

和随处都成了美丽的丛簇的树林

无比调谐地浮现在大气里

竟使我如此明显地感到

我是站在地球的巅顶

1940 年秋

古 松

你和这山岩一同呼吸一同生存

你比生你的土地显得更老

比山崖下的河流显得更老

你的身体又弯曲,又倾斜

好像载负过无数的痛苦

你的裂皱是那么深,那么宽

而又那么繁复交错

甚至蜜蜂的家属在里面居住

蚂蚁的队伍在里面建筑营房

而在你的丫杈间的洞穴里

有着胸脯饱满的鸽子的宿舍——

它们白天就成群地飞到河流对岸的平地上去

也有着尾巴像狗尾草似的松鼠的家

它们从你伸长着的枝丫

跳到另一棵比你年轻的松树上

比小鸟还要显得敏捷

你的头那样高高地仰着

风过去时，你发出低微的呻吟

一个捡柴的小孩站在下面向你看，

你显得多么高！

你的叶子同云翳掺和在一起

白云在你上面像是你的披发

一伙蚂蚁从你的脚跟到你的头上

是一次庄严的长途旅行

你的身体是铁质和砂石熔铸成的

用无比的坚强领受着风、雨、雷、电的打击

而每次阴云吹散后的阳光带给你微笑

你屹立在悬崖的上面像老人

你庇护这山岩，用关心注视我们的乡村；

你是美丽的——虽然你太苍老了。

风的歌

我是季候的忠实的使者
报告时序的运转与变化
奔忙在世界上

寂静的微寒的二月
我从南方的森林出发
爬上险峻的山峰
走过卑湿的山谷
渡过湖沼与江河
带着温暖与微笑
沿途唤醒沉睡的生物

山巅的积雪溶化了
结冰的河流解冻了
黑色的土地吐出绿色的嫩芽

百鸟在飘动的树枝上歌唱

忧愁从人们脸上消失

含笑的眼睛

看着被阳光照射的田野

布谷鸟站在山岩上

一阵阵一阵阵地叫唤

殷勤地催促着农人

把土地翻耕

把河水灌溉

向田亩播撒种子

晴朗的发光的五月

我徘徊在山谷和田野

河流因我的跳跃激起波浪

池沼因我的漫步浮起皱纹

午后，我疾行在悬崖的边沿

晚上，我休息在森林

我是云的牧人

带领羊群一样的白云

放牧在碧蓝的晴空

从上空慢慢移行

阴影停留在旷野

我是雨的引路人

当大地为久旱所焦灼

我被发怒的乌云推拥

带着急喘，匆忙地

跃上山崖、跳下平野，

疾驰在闪电、雷、雨的前面

拍击着门窗，向人们呼喊：

"大雷雨要来了!

大雷雨要来了!"

成熟的丰盛的八月

挂满稻草的杉树林里

在草堆上微睡之后

走过收割了的田亩

到山脚下的乡村

裹着头巾的农妇

向我发出欢呼

当她们在广场上

高高地举起筛子

摆动风车的扇柄

我就以我的敏捷

帮助这些勤奋的人

把谷壳和米糠吹散出来

起雾和下雨的日子

我走在阴凉的大气里

自然在极度的繁华之后

已临到了厌倦

曾经美丽的东西

都已变成枯萎

飞鸟合上翅膀

鸣虫停止叫唤

我含着伤感

摇落树上欲坠的残叶

打扫枯枝狼藉的院子

推倒被秋雨淋成乌黑的篱笆

挨家挨户督促贫苦的人们

赶快更换屋背上的茅草

上山砍伐冬季的燃料

因为我知道，对于他们

更坏的日子还在后面

阴暗的忧郁的十一月
带着寒冷的雨滴
我离开遥远的北方

有时，在黄昏
穿过荒凉的旷野
我走近一家茅屋
从窗户向里面窥探
一个农夫和他的妻子
对着刚点亮的油灯
为不曾缴纳税租而愁苦
一听见外面有了声音
就突然打了一个寒噤

当我从摩天的山岭经过
盲眼的老人跟我下来
他是季候的掘墓人
以嫉妒为食粮
以仇恨为饮料
他的嘘息侵进我的灵魂
自从他和我同路以来
我就不再有愉快了

我抖索着，牵着他枯干的手

慢慢地从山上走下平原

沿着我来的路向南方移行

四周，看不见人影和兽迹

万物露出惨愁的样子

这个老人！他一边扶着我

一边用痉挛的手摸索

他的手指所触到的东西

都起了一阵可怕的寒颤

他的脚一伸到河流

河水就成了僵冻

他睁着灰白无光的眼睛

不断地从嘴里吐出咒语：

"大地死了……大地死了……"

于是他散播着雪片

抛掷着雪团

用一层厚厚的白雪

裹住大地的尸身

当我极目远望时

我也不禁伏倒在山岩上啜泣……

尾　声

等一切生物经过长期的坚忍

经过悠久的黑暗与寒冷的统治

我又从南方海上的一个小岛起程

站在那第一只北航的船的布帆后面

带着温暖和燕子、欢快和花朵

唱着白云的柔美的歌

为金色的阳光所护送

向初醒的大地飞奔……

1942 年 9 月 6 日

野 火

在这些黑夜里燃烧起来

在这些高高的山巅上

伸出你的光焰的手

去抚扪夜的宽阔的胸脯

去抚扪深蓝的冰凉的胸脯

从你的最高处跳动着的尖顶

把你的火星飞飏起来

让它们像群仙似的飘落在

那些莫测的黑暗而又冰冷的深谷

去照见那些沉睡的灵魂

让它们即使在缥缈的梦中

也能得到一次狂欢的舞蹈

在这些黑夜里燃烧起来

更高些！更高些！

让你的欢乐的形体

从地面升向高空

使我们这困倦的世界

因了你的火光的鼓舞

苏醒起来！喧腾起来！

让这黑夜里的一切的眼

都在看望着你

让这黑夜里的一切的心

都因了你的召唤而震荡

欢笑的火焰呵

颤动的火焰呵

听呀从什么深邃的角落

传来了那赞颂你的瀑布似的歌声……

　　　　　　　　　　　　　　　　1942年，陕北

礁　石

一个浪，一个浪
无休止地扑过来
每一个浪都在它脚下
被打成碎沫，散开……

它的脸上和身上
像刀砍过的一样
但它依然站在那里
含着微笑，看着海洋……

1954 年 7 月 25 日

盆　景

好像都是古代的遗物

这儿的植物成了矿物

主干是青铜，枝桠是铁丝

连叶子也是铜绿的颜色

在古色古香的庭院

冬不受寒，夏不受热

用紫檀和红木的架子

更显示它们地位的突出

其实它们都是不幸的产物

早已失去了自己的本色

在各式各样的花盆里

受尽了压制和委屈

生长的每个过程

都有铁丝的缠绕和刀剪的折磨

任人摆布，不能自由伸展

一部分发育，一部分萎缩

以不平衡为标准

残缺不全的典型

像一个个佝偻的老人

夸耀的就是怪相畸形

有的挺出了腹部

有的露出了块根

留下几条弯曲的细枝

芝麻大的叶子表示还有青春

像一群饱经战火的伤兵

支撑着一个个残废的生命

但是，所有的花木

都要有自己的天地

根须吸收土壤的营养

枝叶承受雨露和阳光

自由伸展发育正常

在天空下心情舒畅

接受大自然的爱抚

散发出各自的芬芳

如今却一切都颠倒

少的变老、老的变小

为了满足人的好奇

标榜养花人的技巧

柔可绕指而加以歪曲

草木无言而横加斧刀

或许这也是一种艺术

却写尽了对自由的讥嘲

1979年2月23日，广州参观盆景展览

启明星

属于你的是
光明与黑暗交替
黑夜逃遁
白日追踪而至的时刻

群星已经退隐
你依然站在那儿
期待着太阳上升

被最初的晨光照射
投身在光明的行列
直到谁也不再看见你

1956 年 8 月

鱼化石

动作多么活泼，
精力多么旺盛，
在浪花里跳跃，
在大海里浮沉；

不幸遇到火山爆发
也可能是地震，
你失去了自由，
被埋进了灰尘；

过了多少亿年，
地质勘察队员，
在岩层里发现你，
依然栩栩如生。

但你是沉默的，
连叹息也没有，
鳞和鳍都完整，
却不能动弹；

你绝对的静止，
对外界毫无反应，
看不见天和水，
听不见浪花的声音。

凝视着一片化石，
傻瓜也得到教训：
离开了运动，
就没有生命。

活着就要斗争，
在斗争中前进，
当死亡没有来临，
把能量发挥干净。

镜 子

仅只是一个平面
却又是深不可测

它最爱真实
决不隐瞒缺点

它忠于寻找它的主人
谁都从它发现自己

或是醉后酡颜
或是鬓如霜雪

有人喜欢它
因为自己美

有人躲避它
因为它直率

甚至会有人
恨不得把它打碎

虎斑贝

美丽的虎斑纹

闪灼在你身上

是什么把你磨得这样光

是什么把你擦得这样亮

比最好的瓷器细腻

比洁白的宝石坚硬

像鹅蛋似的椭圆滑润

找不到针尖大的伤痕

在绝望的海底多少年

在万顷波涛中打滚

一身是玉石的盔甲

保护着最易受伤的生命

要不是偶然的海浪把我卷带到沙滩上

我从来没有想到能看见这么美好的阳光

1979年12月17日，晨一时

墙

一堵墙，像一把刀
把一个城市切成两片
一半在东方
一半在西方

墙有多高?
有多厚?
有多长?
再高、再厚、再长
也不可能比中国的长城
更高、更厚、更长
它也只是历史的陈迹
民族的创伤
谁也不喜欢这样的墙
三米高算得了什么

五十厘米厚算得了什么

四十五公里长算得了什么

再高一千倍

再厚一千倍

再长一千倍

又怎能阻挡

天上的云彩、风、雨和阳光?

又怎能阻挡

飞鸟的翅膀和夜莺的歌唱?

又怎能阻挡

流动的水与空气?

又怎能阻挡

千百万人的

比风更自由的思想?

比土地更深厚的意志?

比时间更漫长的愿望?

1979 年 5 月 22 日，波恩

死亡的纪念碑

这是一个葡萄架?

这是一些藤蔓?

这是一堆废铁?

这是一些破烂?

都不是,都不是

请你仔细看一看

这是一些挂在铁丝网上的尸体

一个个都瘦骨嶙峋

伸出了无援的手

发出了绝望的叫喊

抗议的控诉

像拉响了的汽笛

尖厉地震响在蓝天下

震响在每个人的耳边

这些声音

越过了时间的坚壁

一直通向未来的世纪

　　永远——永远……

　　　　　　1979 年 5 月 28 日，慕尼黑达豪集中营

维也纳的鸽子

早晨，所有的鸽子
都高兴地鼓动着翅膀

维也纳是鸽子的城
在高高的钟楼上
在古老建筑物的窗檐上
在灰色城堡的岗楼上
在十七世纪的教堂——
　　皇家的陵墓上
到处都有鸽子鼓动着翅磅……

维也纳的鸽子
从来不怕人
在公园的菩提树下面
在林间小道上

在喷水池边

在旅游者走过的地方

维也纳的鸽子

自由自在地迈着步子

毫不惊慌

维也纳的鸽子

显得多么镇定

显得漠不关心

好像没有听见过枪声

也没有看见过火灾

永远那么安详

维也纳的鸽是健忘的

它们也曾被打散

逃亡到别的地方

然后又回来

在劫后的废墟上寻找食粮

看着维也纳的鸽子

　踌躇满志的模样

的确给人以梦

给人以幻想

维也纳的鸽正飞到

　施特劳斯雕像的提琴上

平静地合上了翅膀

维也纳的鸽子

是我们这时代的天平上的

　一颗小小的砝码

维系着千百万人对于和平的愿望

古罗马的大斗技场

也许你曾经看见过
这样的场面——
在一个圆的小瓦罐里
两只蟋蟀在相斗，
双方都鼓动着翅膀
发出一阵阵金属的声响，
张牙舞爪扑向对方
又是扭打、又是冲撞，
经过了持久的较量，
总是有一只更强的
撕断另一只的腿
咬破肚子——直到死亡。

古罗马的大斗技场
也就是这个模样，

大家都可以想象

那一幅壮烈的风光。

古罗马是有名的"七山之城"

在帕拉丁山的东面

在锡利山的北面

在埃斯搀林山的南面

那一片盆地的中间

有一座——可能是

全世界最大的斗技场,

它像圆形的古城堡

远远看去是四层的楼房,

每层都有几十个高大的门窗

里面的圆周是石砌的看台

可以容纳十多万人来观赏。

想当年举行斗技的日子

也许是一个喜庆的日子,

这儿比赶庙会还要热闹

古罗马的人穿上节日的盛装

从四面八方都朝向这儿

真是人山人海——全城欢腾

好像庆祝在亚洲和非洲打了胜仗
其实只是来看一场残酷的悲剧
从别人的痛苦激起自己的欢畅。

号声一响
死神上场

当角斗士的都是奴隶
挑选的一个个身强力壮，
他们都是战败国的俘虏
早已妻离子散、家破人亡，
如今被押送到斗技场上
等于执行用不着宣布的死刑
面临着任人宰割的结局
像畜棚里的牲口一样；

相搏斗的彼此无冤无仇
却安排了同一的命运，
都要用无辜的手
去杀死无辜的人；
明知自己必然要死
却把希望寄托在刀尖上；

有时也要和猛兽搏斗

猛兽——不论吃饱了的

还是饥饿的都是可怕的——

它所渴求的是温热的鲜血，

奴隶到这里即使有勇气

也只能是来源于绝望，

因为这儿所需要的不是智慧

而是必须压倒对方的力量；

看那些"打手"多么神气！

他们是角斗场雇用的工役

一个个长得牛头马面

手拿铁棍和皮鞭

（起先还戴着面具

后来连面具也不要了）

他们驱赶着角斗士去厮杀

进行着死亡前的挣扎；

最可怜的是那些蒙面的角斗士

（不知道是哪个游手好闲的

想出如此残忍的坏点子！）

参加角斗的互相看不见

双方都乱挥着短剑寻找敌人
无论进攻和防御都是盲目的——
盲目的死亡、盲目的胜利。

一场角斗结束了
那些"打手"进场
用长钩子钩曳出尸体
和那些血淋淋的肉块
把被戮将死的曳到一旁
拿走武器和其他的什物,
奄奄一息的就把他杀死;
然后用水冲刷污血
使它不留一点痕迹——
这些"打手"受命于人
不直接去杀人
却比刽子手更阴沉。

再看那一层层的看台上
多少万人都在欢欣若狂
那儿是等级森严、层次分明
按照权力大小坐在不同的位置上,
王家贵族一个个悠闲自得

旁边都有陪臣在阿谀奉承；

那些官妃打扮得花枝招展

与其说她们是来看角斗

不如说到这儿展览自己的青春

好像是天上的星斗光照人间；

有"赫赫战功"的，生活在

奴隶用双手建造的宫殿里

奸淫战败国的妇女；

他们的餐具都沾着血

他们赞赏血腥的气味；

能看人和兽搏斗的

多少都具有兽性——

从流血的游戏中得到快感

从死亡的挣扎中引起笑声，

别人越痛苦，他们越高兴；

（你没有听见那笑声吗？）

最可恨的是那些

用别人的灾难进行投机

从血泊中捞取利润的人，

他们的财富和罪恶一同增长；

斗技场的奴隶越紧张

看台上的人群越兴奋；

厮杀的叫喊越响

越能爆发狂暴的笑声；

看台上是金银首饰在闪光

斗场上是刀叉匕首在闪光；

两者之间相距并不远

却有一堵不能逾越的墙。

这就是古罗马的斗技场

它延续了多少个世纪

谁知道有多少奴隶

在这个圆池里丧生。

神呀，宙斯呀，丘比特呀，耶和华呀

一切所谓"万能的主"呀，都在哪里？

为什么对人间的不幸无动于衷？

风呀，雨呀，雷霆呀，

为什么对罪恶能宽容？

奴隶依然是奴隶

谁在主宰着人间？

谁是这场游戏的主谋？

时间越久，看得越清：
经营斗技场的都是奴隶主
不论是老泰尔克维尼乌斯
还是苏拉、恺撒、奥大维……
都是奴隶主中的奴隶主——
嗜血的猛兽、残暴的君王！

"不要做奴隶！
要做自由人！"
一人号召
万人响应
为了改变自己的命运
就要捣毁万恶的斗技场；
把那些拿别人生命作赌的人
　　钉死在耻辱柱上！

奴隶的领袖
只有从奴隶中产生；
共同的命运
产生共同的思想；
共同的意志
汇成伟大的力量。

一次又一次地举起义旗

斗争的才能因失败而增长

愤怒的队伍像地中海的巨浪

淹没了宫殿，掀翻了凯旋门

冲垮了斗技场，浩浩荡荡

觉醒了的人们誓用鲜血灌溉大地

建造起一个自由劳动的天堂！

如今，古罗马的大斗技场

已成了历史的遗物，像战后的废墟

沉浸在落日的余晖里，像碉堡

不得不引起我疑问和沉思：

它究竟是光荣的纪念，

还是耻辱的标志？

它是夸耀古罗马的豪华，

还是记录野蛮的统治？

它是为了博得廉价的同情，

还是谋求遥远的叹息？

时间太久了

连大理石也要哭泣；

时间太久了

连凯旋门也要低头；

奴隶社会最残忍的一幕已经过去

不义的杀戮已消失在历史的烟雾里

但它却在人类的良心上留下可耻的记忆

而且向我们披示一条真理：

血债迟早都要用血来偿还；

以别人的生命作为赌注的

就不可能得到光彩的下场。

说起来多少有些荒唐——

在当今的世界上

依然有人保留了奴隶主的思想，

他们把全人类都看作奴役的对象

整个地球是一个最大的斗技场。

1979 年 7 月，北京

即事

古宅的造访

静听这

从墙角传来的

角笛的悠长的声音……

在你那里

有个中世纪的巴黎

——远离了喧嚣

蛰伏在圣经里的巴黎。

当我这随着流动的时间

在不断的变形的少年

从遥远的旅舍

经了长长的散步

来到你的居家里时

真像那久久倦游的旅客

走进了一座异地的教堂

——在终日聒叫的城市当中

也得到片刻可贵的安息。

我走上暗暗的楼梯

你引我悄悄的进去

在宽大的无光的房间

回流着古木的气息；

我感伤的凝视着：

路易士朝式的家具

波斯纹彩的瓷器

和黑色雕花的书架上的

拉辛，莫里哀，雨果的全集。

当那静静的风

拂动了白的窗帷，

你开始以微温的呼吸

嘘动你水波形的

单薄的胸间衣绉；

停滞在思索里的

幽默的蓝眼

在揣想我幽默的心怀；

你金黄的卷卷长发

在我的眼前

展开了一个

幻想的多波涛的海……

沉浸在淡紫的宇宙里，

你安详的摆动着你

丰满的圆润的胸脯

——那使我遥遥的想起

拉飞尔的

充满妩媚的日子……

我以迟缓的眼波

聆听你微颤的金声

给我传述：

神和人的故事

太阳的故事

哀罗丝的故事

和缪塞诗篇里的

一滴眼泪变成

珍珠的故事……

让我无言的

和你对坐着

在古旧的遗梦里

做一个圣洁的

爱的悠长的漫游吧；

但是，你听呀

那古旧的木制的挂钟

它已露出学究的庄严，

诙谐的

用急促的鸡唱的音调，

既欢迎我默默的到来

却又催我默默的归去……

向太阳

从远古的墓茔

从黑暗的年代

从人类死亡之流的那边

震惊沉睡的山脉

若火轮飞旋于沙丘之上

太阳向我滚来……

——引自旧作《太阳》

一　我起来

我起来—

像一只困倦的野兽

受过伤的野兽

从狼藉着败叶的林薮

从冰冷的岩石上

挣扎了好久
支撑着上身
睁开眼睛
向天边寻觅……

我——
是一个
从遥远的山地
从未经开垦的山地
到这几千万人
　用他们的手劳作着
　用他们的嘴呼嚷着
　用他们的脚走着的城市来的
　　旅客，
我的身上
酸痛的身上
深刻地留着
风雨的昨夜的
长途奔走的疲劳

但
我终于起来了

我打开窗
用囚犯第一次看见光明的眼
看见了黎明
——这真实的黎明啊

（远方
似乎传来了群众的歌声）
于是 我想到街上去

二 街上

早安呵
你站在十字街头
　车辆过去时
　举着白袖子的手的警察
早安呵
你来自城外的
　挑着满箩绿色的菜贩
早安呵
你打扫着马路的
　穿着红色背心的清道夫

早安呵

你提了篮子，第一个到菜场去的

　棕色皮肤的年轻的主妇

我相信

昨夜

你们决不像我一样

　被不停的风雨所追踪

　被无止的恶梦所纠缠

你们都比我睡得好啊！

三　昨天

昨天

我在世界上

用可怜的期望

喂养我的日子

像那些未亡人

披着麻缕

用可怜的回忆

喂养她们的日子一样

昨天

我把自己的国土

　　当做病院

——而我是患了难于医治的病的

没有哪一天

我不是用迟滞的眼睛

看着这国土的

　　没有边际的凄惨的生命……

没有哪一天

我不是用呆钝的耳朵

听着这国土的

　　没有止息的痛苦的呻吟

昨天

我把自己关在

精神的牢房里

四面是灰色的高墙

没有声音

我沿着高墙

走着又走着

我的灵魂

不论白日和黑夜

永远的唱着

一曲人类命运的悲歌

昨天
我曾狂奔在
阴暗而低沉的天幕下的
没有太阳的原野
到山巅上去
伏倒在紫色的岩石上
流着温热的眼泪
哭泣我们的世纪

现在好了
一切都过去了

四　日出

太阳出来了……
当它来时……
城市从远方
用电力与钢铁召唤它

——引自旧作《太阳》

太阳

从远处的高层建筑

　——那些水门汀与钢铁所砌成的山

和那成百的烟突

成千的电线杆子

成万的屋顶

所构成的

密丛的森林里

出来了……

在太平洋

在印度洋

在红海

在地中海

在我最初对世界怀着热望

而航行于无边蓝色的海水上的少年时代

我都曾看着美丽的日出

但此刻

在我所呼吸的城市

喷发着煤油的气息

柏油的气息

混杂的气息的城市

敞开着金属的胴体

矿石的胴体

电火的胴体的城市

宽阔地

承受黎明的爱抚的城市

我看见日出

比所有的日出更美丽

五　太阳之歌

是的

太阳比一切都美丽

比处女

比含露的花朵

比白雪

比蓝的海水

太阳是金红色的圆体

是发光的圆体

是在扩大着的圆体

惠特曼

从太阳得到启示

用海洋一样开阔的胸襟

写出海洋一样开阔的诗篇

凡谷①

从太阳得到启示

用燃烧的笔

蘸着燃烧的颜色

画着农夫耕犁大地

画着向日葵

邓肯

从太阳得到启示

用崇高的姿态

披示给我们以自然的旋律

太阳

它更高了

它更亮了

它红得像血

---

① 指凡·高——编者注。

太阳

它使我想起　法兰西　美利坚的革命

想起　博爱　平等　自由

想起　德谟克拉西

想起　《马赛曲》　《国际歌》

想起　华盛顿　列宁　孙逸仙

　　　和一切把人类从苦难里拯救出来的

　　　人物的名字

是的

太阳是美的

且是永生的

六　太阳照在

初升的太阳

照在我们的头上

照在我们的久久地低垂着

　不曾抬起过的头上

太阳照着我们的城市和村庄

照着我们的久久地住着

　屈服在不正的权力下的城市和村庄

太阳照着我们的田野，河流和山峦
照着我们的从很久以来
　　到处都蠕动着痛苦的灵魂的
　　田野，河流和山峦……

今天
太阳的炫目的光芒
把我们从绝望的睡眠里刺醒了
也从那遮掩着无限痛苦的迷雾里
刺醒了我们的城市和村庄
也从那隐蔽着无边忧郁的烟雾里
刺醒了我们的田野，河流和山峦
我们仰起了沉重的头颅
从濡湿的地面
一致地
向高空呼嚷
"看我们
我们
笑得像太阳！"

七　在太阳下

"看我们

我们

笑得像太阳!"

那边

一个伤兵

支撑着木制的拐杖

沿着长长的墙壁

跨着宽阔的步伐

太阳照在他的脸上

照在他纯朴地笑着的脸上

他一步一步地走着

他不知道我在远处看着他

当他的披着绣有红十字的灰色衣服的

　　高大的身体

走近我的时候

这太阳下的真实的姿态

我觉得

比拿破仑的铜像更漂亮

太阳照在

城市的上空

街上的人

这末多，这末多

他们并不曾向我打招呼

但我向他们走去

我看着每一个从我身边走过的人

对他们

我不再感到陌生

太阳照着他们的脸

照着他们的

　　　光洁的，年轻的脸

　　　发皱的，年老的脸

　　　红润的，少女的脸

　　　善良的，老妇的脸

和那一切的

　　昨天还在惨愁着但今天却笑着的脸

他们都匆忙地

摆动着四肢

在太阳光下

来来去去地走着

　——好像他们被同一的意欲所驱使似的

他们含着微笑的脸

也好像在一致地说着

"我们爱这日子

不是因为我们

　　看不见自己的苦难

不是因为我们

　　看不见饥饿与死亡

我们爱这日子

是因为这日子给我们

带来了灿烂的明天的

最可信的音讯。"

太阳光

闪烁在古旧的石桥上……

几个少女——

　那些幸福的象征啊

背着募捐袋

在石桥上

在太阳下

唱着清新的歌

　"我们是天使

　健康而纯洁

　我们的爱人

　年轻而勇敢

　有的骑战马

　驰骋在旷野

　有的驾飞机

　飞翔在天空……"

（歌声中断了，她们在向行人募捐）

现在

她们又唱了

　"他们上战场

　奋勇杀敌人

　我们在后方

　慰劳与宣传

　一天胜利了

　欢聚在一堂……"

她们的歌声

是如此悠扬

太阳照着她们的

　骄傲地突起的胸脯

和袒露着的两臂
和发出尊严的光辉的前额
她们的歌
飘到桥的那边去了……

太阳的光
泛滥在街上

浴在太阳光里的
　街的那边
一群穿着被煤烟弄脏了的衣服的工人
扛抬着一架机器
　——金属的棱角闪着白光
太阳照在
　他们流汗的脸上
当他们每一步前进时
他们发出缓慢而沉洪的呼声
　"杭——唷

　杭——唷

　我们是工人

　工人最可怜

　贫穷中诞生

劳动里成长

一年忙到头

为了吃与穿

吃又吃不饱

穿又穿不暖

杭——唷

杭——唷

自从八一三

敌人来进攻

工厂被炸掉

东西被抢光

几千万工友

饥饿与流亡

我们在后方

要加紧劳动

为国家生产

为抗战流汗

一天胜利了

生活才饱暖

杭——唷

杭——唷……"

他们带着不止的杭唷声

转弯了……

太阳光
泛滥在旷场上

旷场上
成千的穿草黄色制服的士兵
　在操演
他们头上的钢盔
　和枪上的刺刀
闪着白光
他们以严肃的静默
等待着
　那及时的号令
现在
他们开步了
从那整齐的步伐声里
我听见
　"一！二！三！四！
　一！二！三！四！
　我们是从田野来的
　我们是从山村来的

我们生活在茅屋

我们呼吸在畜棚

我们耕犁着田地

田地是我们的生命

但今天

敌人来到我们的家乡

我们的茅屋被烧掉

我们的牲口被吃光

我们的父母被杀死

我们的妻女被强奸

我们没有了镰刀与锄头

只有背上了子弹与枪炮

我们要用闪光的刺刀

抢回我们的田地

回到我们的家乡

消灭我们的敌人

敌人的脚踏到哪里

敌人的血流到哪里……

…………

一！二！三！四！

一！二！三！四

…………"

这真是何等的奇遇啊……

八　今天

今天
奔走在太阳的路上
我不再垂着头
　　把手插在裤袋里了
嘴也不再吹那寂寞的口哨
不看天边的流云
不彷徨在人行道

今天
在太阳照着的人群当中
我决不专心寻觅
那些像我自己一样惨愁的脸孔了

今天
太阳吻着我昨夜流过泪的脸颊
吻着我被人世间的丑恶厌倦了的眼睛

吻着我为正义喊哑了声音的嘴唇

吻着我这未老先衰的

啊！快要佝偻了的背脊

今天

我听见

太阳对我说

　"向我来

　从今天

　你应该快乐些呵……"

于是

被这新生的日子所蛊惑

我欢喜清晨郊外的军号的悠远的声音

我欢喜拥挤在忙乱的人丛里

我欢喜从街头敲打过去的锣鼓的声音

我欢喜马戏班的演技

　当我看见了那些原始的，粗暴的，健康的运动

　我会深深地爱着它们

　——像我深深地爱着太阳一样

今天

我感谢太阳

太阳召回了我的童年了

九　我向太阳

我奔驰

依旧乘着热情的轮子

太阳在我的头上

用不能再比这更强烈的光芒

燃灼着我的肉体

由于它的热力的鼓舞

我用嘶哑的声音

歌唱了：

　　"于是，我的心胸

　　被火焰之手撕开

　　陈腐的灵魂

　　搁弃的河畔……"

这时候

我对我所看见　所听见

感到了从未有过的宽怀与热爱

我甚至想在这光明的际会中死去……

1938年4月，武昌

少年行

像一只飘散着香气的独木船，
离开一个小小的荒岛；
一个热情而忧郁的少年，
离开了他小小的村庄。

我不欢喜那个村庄——
它像一株榕树似的平凡，
也像一头水牛似的愚笨，
我在那里度过了童年；

而且那些比我愚蠢的人们嘲笑我，
我一句话不说心里藏着一个愿望，
我要到外面去比他们见识得多些，
我要走得很远——梦里也没有见过的地方；

那边要比这里好得多，
人们过着神仙似的生活；
听不见要把心都舂碎的舂臼的声音，
看不见讨厌的和尚和巫女的脸。

父亲把大洋五块五块地数好，
用红纸包了交给我而且教训我！
而我却完全想着另外的一些事，
想着那闪着强烈的光芒的海港……

你多嘴的麻雀聒噪着什么——
难道你们不知我要走了么？
还有我家的老实的雇农，
你们脸上为什么老是忧愁？

早晨的阳光照在石板铺的路上，
我的心在怜悯我的村庄
它像一个衰败的老人，
站在双尖山的下面……

再见呵，我贫穷的村庄，
我的老母狗，也快回去吧！

双尖山保佑你们平安无恙，

等我也老了再回到这个地方。

在智利的海岬上

——给巴勃罗·聂鲁达

让航海女神
守护你的家

她面临大海
仰望苍天
抚手胸前
祈求航行平安

一

你爱海，我也爱海
我们永远航行在海上

一天，一只船沉了

你捡回了救命圈
好像捡回了希望

风浪把你送到海边
你好像海防战士
驻守着这些礁石

你抛下了锚
解下了缆索
回忆你所走过的路
每天瞭望海洋

二

巴勃罗的家
在一个海岬上
窗户的外面
是浩淼的太平洋

一所出奇的房子
全部用岩石砌成
像小小的碉堡

要把武士囚禁

我们走进了
航海者之家
地上铺满了海螺
也许昨晚有海潮

已经残缺了的
　　木雕的女神
站在客厅的门边
像女仆似的虔诚

阁楼是甲板
栏杆用麻绳穿连
在扶梯的边上
有一个大转盘

这些是你的财产：
古代帆船的模型
褐色的大铁锚
中国的罗盘
大的地球仪

各式各样的烟斗
和各式各样的钢刀

意大利农民送的手杖
放在进门的地方
它陪伴一个天才
走过了整个世界

米黄色的象牙上
刻着年轻的情人
穿着乡村的服装
带着羞涩的表情
像所有的爱情故事
既古老而又新鲜

手枪已经锈了
战船也不再转动
请斟满葡萄酒
为和平而干杯！

三

房子在地球上
而地球在房子里

壁上挂了白顶的
　　　黑漆遮阳的海员帽子
好像这房子的主人
今天早上才回到家里

我问巴勃罗：
"是水手呢？
还是将军？"
他说："是将军，
你也一样；
不过，我的船
已失踪了，
沉落了……"

四

你是一个船长，

还是一个海员？

你是一个舰队长，

还是一个水兵？

你是胜利归来的人，

还是战败了逃亡的人？

你是平安的停憩，

还是危险的搁浅？

你是迷失了方向，

还是遇见了暗礁？

都不是，都不是。

这房子的主人

是被枪杀了的洛尔伽的朋友

是受难的西班牙的见证人

是一个退休了的外交官

不是将军。

日日夜夜望着海

听海涛像在浩叹
也像是嘲弄
也像是挑衅
巴勃罗·聂鲁达
面对着万顷波涛
用矿山里带来的语言
向整个旧世界宣战

五

在客厅门口上面
挂了救命圈
现在船是在岸边
你说："要是船沉了
我就戴上了它
跳进了海洋。"

方形的街灯
在第二个门口
这样，每个夜晚
你生活在街上

壁炉里火焰上升

今夜，海上喧哗

围着烧旺了的壁炉

从地球的各个角落来的

　　　十几个航行的伙伴

喝着酒，谈着航海的故事

我们来自许多国家

包括许多民族

有着不同的语言

但我们是最好的兄弟

有人站起来

用放大镜

在地图上寻找

没有到过的地方

我们的世界

好像很大

其实很小

在这个世界上

应该生活得好

明天，要是天晴
我想拿铜管的望远镜
向西方瞭望
太平洋的那边
是我的家乡
我爱这个海岬
也爱我的家乡

这儿夜已经很深
初春的夜晚多么迷人

六

在红心木的桌子上
有船长用的铜哨子

拂晓之前，要是哨子响了
我们大家将很快地爬上船缆
张起船帆，向海洋起程
向另一个世纪的港口航行……

1954 年 7 月 24 日晚，初稿

1956 年 12 月 11 日，整理

下雪的早晨

雪下着，下着，没有声音，
雪下着，下着，一刻不停，
洁白的雪，盖满了院子，
洁白的雪，盖满了屋顶，
整个世界多么静，多么静。

看着雪花在飘飞，
我想得很远，很远。
想起夏天的树林，
树林里的早晨，
到处都是露水，
太阳刚刚上升，
一个小孩，赤着脚，
从晨光里走来，
他的脸像一朵鲜花，

他的嘴发出低低的歌声，
他的小手拿着一根竹竿，
他仰起小小的头，
那双发亮的眼睛，
透过浓密的树叶，
在寻找知了的声音……

他的另一只小手，
提了一串绿色的东西，
——一根很长的狗尾草，
结了蚂蚱、金甲虫和蜻蜓，
这一切啊，
我都记得很清。

我们很久没有到树林里去了，
那儿早已铺满了落叶，
也不会有什么人影；
但我一直都记着那小孩子，
和他的很轻很轻的歌声。
此刻，他不知在哪间小屋里，
看着不停地飘飞着的雪花，
或许想到树林里去抛雪球，

或许想到湖上去滑冰，

但他决不会知道，

有一个人想着他，

就在这个下雪的早晨。

1956 年 11 月 17 日

花样滑冰

冬季的花朵
寒冷的狂欢

灰白色的平面上
出现完美的形体

最轻盈的姿态
表演最美的舞

用飘动着的点
画出飘动的线

有大的弧线的徐缓
有小的急促的旋转

忽而是旋转中的跳跃
忽而是跳跃中的旋转

无休止地飞翔
从容不迫地盘旋

安详如高空的鹰
轻捷如低飞的燕

力学的梦幻
几何学的迷恋

没有休止符的音乐
没有标点号的诗篇

像流水似的延续
像轮子似的不断

有空中飞跃
四肢如花瓣

比风更自由
青春的礼赞

拣　贝

大海的馈赠
是无穷的

阳光下到处是
俯身可取的欢欣

海滩上的天真
浪花里的笑声

1979 年 3 月 2 日

跳　水

从十米高台
陶醉于下面的湛蓝
在跳板与水面之间
描画出从容的曲线
让青春去激起
一片雪白的赞叹

即 景

当黎明穿上了白衣

紫蓝的林子与林子之间
由青灰的山坡到青灰的山坡，
绿的草原，
绿的草原，草原上流着
——新鲜的乳液似的烟……

啊，当黎明穿上了白衣的时候，
田野是多么新鲜！
看，
微黄的灯光，
正在电杆上颤栗它的最后的时间。
看！

1932 年 1 月 25 日，由巴黎到马赛的路上

透明的夜

一

透明的夜。

……阔笑从田堤上煽起……
一群酒徒，望
沉睡的村，哗然地走去……
村，
狗的吠声，叫颤了
满天的疏星。

村，
沉睡的街
沉睡的广场，冲进了

醒的酒坊。

酒，灯光，醉了的脸
放荡的笑在一团……

"走
　　到牛杀场，去
喝牛肉汤……"

二

酒徒们，走向村边
进入了一道灯光敞开的门，
血的气息，肉的堆，牛皮的
热的腥酸……
人的嚣喧，人的嚣喧。

油灯像野火一样，映出
十几个生活在草原上的
泥色的脸。

这里是我们的娱乐场，

那些是多谙熟的面相，
我们拿起
热气蒸腾的牛骨
大开着嘴，咬着，咬着……

"酒，酒，酒
我们要喝。"
油灯像野火一样，映出
牛的血，血染的屠夫的手臂，
溅有血点的
　　屠夫的头额。

油灯像野火一样，映出
我们火一般的肌肉，以及
——那里面的——
痛苦，愤怒和仇恨的力。

油灯像野火一样，映出
——从各个角落来的——
夜的醒者
醉汉
浪客

过路的盗

偷牛的贼……

"酒，酒，酒

　我们要喝。"

三

…………

"趁着星光，发抖

　我们走……"

阔笑在田堤上煽起……

一群酒徒，离了

沉睡的村，向

沉睡的原野

　哗然地走去……

夜，透明的

夜！

1932 年 9 月 10 日

春

春天了
龙华的桃花开了
在那些夜间开了
在那些血斑点点的夜间
那些夜是没有星光的
那些夜是刮着风的
那些夜听着寡妇的咽泣
而这古老的土地呀
随时都像一只饥渴的野兽
舐吮着年轻人的血液
顽强的人之子的血液
于是经过了悠长的冬日
经过了冰雪的季节
经过了无限困乏的期待
这些血迹，斑斑的血迹

在神话般的夜里

在东方的深黑的夜里

爆开了无数的蓓蕾

点缀得江南处处是春了

人问：春从何处来？

我说：来自郊外的墓窟。

1937 年 4 月

黎　明

当我还不曾起身

两眼闭着

听见了鸟鸣

听见了车声的隆隆

听见了汽笛的嘶叫

我知道

你又叩开白日的门扉了……

黎明，

为了你的到来

我愿站在山坡上，

像欢迎

从田野那边疾奔而来的少女，

向你张开两臂——

因为你，

你有她的纯真的微笑，
和那使我迷恋的草野的清芬。

我怀念那：
同着伙伴提了篾篮
到田堤上的豆棚下
采撷豆荚的美好的时刻啊——
我常进到最密的草丛中去，
让露水浸透了我的草鞋，
泥浆也溅满我的裤管，
这是自然给我的抚慰，
我将狂欢而跳跃……

我也记起
在远方的城市里
在浓雾蒙住建筑物的每个早晨，
我常爱在街上无目的地奔走，
为的是
你带给我以自由的愉悦，
和工作的热情。

但我却不愿

看见你罩上忧愁的面纱——

因我不能到田间去了，

也不能在街上奔跑——

一切都沉默着，

望着阴郁的雨滴徘徊在我的窗前

我会联想到：死亡，战争，

和人间一切的不幸……

黎明啊，

要是你知道我曾对你

有比对自己的恋人

更不敢拂逆和迫切的期待啊——

当我在那些苦难的日子，

悠长的黑夜

把我抛弃在失眠的卧榻上时，

我只会可怜地凝视着东方，

用手按住温热的胸膛里的急迫的心跳

等待着你——

我永远以坚苦的耐心，

希望在铁黑的天与地之间

会裂出一丝白线——

纵使你像故意磨折我似的延迟着，

我永不会绝望，

却只以燃烧着痛苦的嘴

问向东方：

"黎明怎不到来？"

而当我看见了你

披着火焰的外衣，

从天边来到阴暗的窗口时啊——

我像久已为饥渴哭泣得疲乏了的婴孩，

看见母亲为他解开裹住乳房的衣襟

泪眼迸出微笑，

心儿感激着，

我将带着呼唤

带着歌唱

投奔到你温煦的怀里。

1937 年 5 月 23 日晨

北 方

一天
那个科尔沁草原上的诗人
对我说：
"北方是悲哀的。"

不错
北方是悲哀的。
从塞外吹来的
沙漠风，
已卷去北方的生命的绿色
与时日的光辉
——一片暗淡的灰黄
蒙上一层揭不开的沙雾；
那天边疾奔而至的呼啸
带来了恐怖

疯狂地

扫荡过大地；

荒漠的原野

冻结在十二月的寒风里，

村庄呀，山坡呀，河岸呀，

颓垣与荒冢呀

都披上了土色的忧郁……

孤单的行人，

上身俯前

用手遮住了脸颊，

在风沙里

困苦地呼吸

一步一步地

挣扎着前进……

几只驴子

——那有悲哀的眼

　　和疲乏的耳朵的畜生，

载负了土地的

痛苦的重压，

它们厌倦的脚步

徐缓地踏过

北国的

修长而又寂寞的道路……

那些小河早已枯干了
河底也已画满了车辙，
北方的土地和人民
在渴求着
那滋润生命的流泉啊！
枯死的林木
与低矮的住房
稀疏地，阴郁地
散布在灰暗的天幕下；
天上，
看不见太阳，
只有那结成大队的雁群
惶乱的雁群
击着黑色的翅膀
叫出它们的不安与悲苦，
从这荒凉的地域逃亡
逃亡到
绿荫蔽天的南方去了……

北方是悲哀的

而万里的黄河

汹涌着混浊的波涛

给广大的北方

倾泻着灾难与不幸；

而年代的风霜

刻划着

广大的北方的

贫穷与饥饿啊。

而我

——这来自南方的旅客，

却爱这悲哀的北国啊。

扑面的风沙

与入骨的冷气

决不曾使我咒诅；

我爱这悲哀的国土，

一片无垠的荒漠

也引起了我的崇敬

——我看见

我们的祖先

带领了羊群

吹着笳笛

沉浸在这大漠的黄昏里；

我们踏着的

古老的松软的黄土层里

埋有我们祖先的骸骨啊，

——这土地是他们所开垦

几千年了

他们曾在这里

和带给他们以打击的自然相搏斗，

他们为保卫土地

从不曾屈辱过一次，

他们死了

把土地遗留给我们——

我爱这悲哀的国土，

它的广大而瘦瘠的土地

带给我们以淳朴的言语

与宽阔的姿态，

我相信这言语与姿态

坚强地生活在土地上

永远不会灭亡；

我爱这悲哀的国土，

　　古老的国土

——这国土

养育了为我所爱的

世界上最艰苦

与最古老的种族。

1938 年 2 月 4 日，潼关

秋

雾的季节来了——
无厌止的雨又徘徊在
收割后的田野上……
那里，翻耕过的田亩的泥黑
与遗落的谷粒所长出的新苗的绿色
缀成了广大，阴暗，多变化的平面；
而深秋的访问者——无厌止的雨
就徘徊在它的上面……
人们都开始蛰伏到
那些浓黑的屋檐里去了；
只有两匹鬃毛已淋湿的褐色的马，
慢慢地走向地平线
搜索着田野的最后的绿色……

1939年秋，湖南

旷　野

薄雾在迷蒙着旷野啊……

看不见远方——
看不见往日在晴空下的
天边的松林，
和在松林后面的
迎着阳光发闪的白垩岩了；
前面只隐现着
一条渐渐模糊的
灰黄而曲折的道路，
和道路两旁的
乌暗而枯干的田亩……

田亩已荒芜了——
狼藉着犁翻了的土块，

与枯死的野草，

与杂在野草里的

腐烂了的禾根；

在广大的灰白里呈露出的

到处是一片土黄，暗赭，

与焦茶的颜色的混合啊……

——只有几畦萝卜，菜蔬

以披着白霜的

稀疏的绿色，

点缀着

这平凡，单调，简陋

与卑微的田野。

那些池沼毗连着，

为了久旱

积水快要枯涸了；

不透明的白光里

弯曲着几条淡褐色的

不整齐的堤岸；

往日翠茂的

水草和荷叶

早已沉淀在水底了；

留下的一些

枯萎而弯曲的枝杆，

呆然站立在

从池面徐缓地升起的水蒸气里……

山坡横陈在前面，

路转上了山坡，

并且随着它的起伏

而向下面的疏林隐没……

山坡下，

灰黄的道路的两旁，

感到阴暗而忧虑的

只是一些散乱的墓堆，

和快要被湮埋了的

黑色的石碑啊。

一切都这样地

静止，寒冷，而显得寂寞……

灰黄而曲折的道路啊！

人们走着，走着，

向着不同的方向，

却好像永远被同一的影子引导着，
结束在同一的命运里；
在无止的劳困与饥寒的前面
等待着的是灾难、疾病与死亡——
彷徨在旷野上的人们
谁曾有过快活呢?

然而
冬天的旷野
是我所亲切的——
在冷彻肌骨的寒霜上
我走过那些不平的田塍，
荒芜的池沼的边岸，
和褐色阴暗的山坡，
步伐是如此沉重，直至感到困厄
——像一头耕完了土地
带着倦怠归去的老牛一样……

而雾啊——
灰白而混浊，
茫然而莫测，
它在我的前面

以一根比一根更暗淡的

电杆与电线，

向我展开了

无限的广阔与深邃……

你悲哀而旷达，

辛苦而又贫困的旷野啊……

没有什么声音，

一切都好像被雾窒息了；

只在那边

看不清的灌木丛里

传出了一片

畏慑于严寒的

抖索着毛羽的

鸟雀的聒噪……

在那芦蒿和荆棘所编的篱围里

几间小屋挤聚着——

它们都一样地

以墙边柴木的凌乱，

与竹竿上垂挂的褴褛，

叹息着

徒然而无终止的勤劳；
又以凝霜的树皮盖的屋背上
无力地混合在雾里的炊烟，
描画了
不可逃避的贫穷……

人们在那些小屋里
过的是怎样惨淡的日子啊……
生活的阴影覆盖着他们……
那里好像永远没有白日似的，
他们和家畜呼吸在一起，
——他们的床榻也像畜棚啊；
而那些破烂的被絮，
就像一堆泥土一样的
灰暗而又坚硬啊……

而寒冷与饥饿，
愚蠢与迷信啊，
就在那些小屋里
强硬地盘据着……
农人从雾里
挑起篾箩走来，

篾篓里只有几束葱和蒜；

他的毡帽已破烂不堪了，

他的脸像他的衣服一样污秽，

他的冻裂了皮肤的手

插在腰束里，

他的赤着的脚

踏着凝霜的道路，

他无声地

带着扁担所发出的微响，

慢慢地

在蒙着雾的前面消失……

旷野啊——

你将永远忧虑而容忍

不平而又缄默么？

薄雾在迷蒙着旷野啊……

1940 年 1 月 3 日晨

254

图书在版编目（CIP）数据

诗歌精读. 艾青 / 艾青著. —杭州：浙江人民出版社，2018.8（2021.5重印）

（且读）

ISBN 978-7-213-08879-7

Ⅰ. ①诗… Ⅱ. ①艾… Ⅲ. ①诗集-中国-当代 Ⅳ. ①I227

中国版本图书馆CIP数据核字（2018）第183978号

诗歌精读·艾青

艾 青 著

出版发行：浙江人民出版社（杭州市体育场路347号 邮编 310006）

市场部电话：(0571)85061682 85176516

责任编辑：余慧琴

责任校对：陈 春

责任印务：陈 峰

封面设计：观止堂_未氓

电脑制版：杭州天一图文制作有限公司

印 刷：杭州富春印务有限公司

开 本：880毫米×1230毫米 1/32 印 张：8.375

字 数：153千字 插 页：2

版 次：2018年8月第1版 印 次：2021年5月第4次印刷

书 号：ISBN 978-7-213-08879-7

定 价：36.00元

如发现印装质量问题，影响阅读，请与市场部联系调换。